DISCOURS

SUR LE PROGRÈS

DES LETTRES.

DISCOURS

SUR LE PROGRÈS

DES LETTRES

EN FRANCE,

Par M. Rigoley de Juvigny,
Conseiller Honoraire au Parlement
de Metz.

A PARIS,

Chez {
Saillant & Nyon, Libraires, rue
S. Jean de Beauvais.
M. Lambert, Imprimeur-Libraire,
rue de la Harpe près S. Côme.

M. DCC. LXXII.

DISCOURS

SUR LE PROGRÈS

DES LETTRES

EN FRANCE. *

La France étoit depuis long-
temps enfevelie dans les ténèbres de
l'ignorance & de la barbarie, lorfque Charles V appela près de lui
les hommes les plus éclairés de l'Eu-

* Ce Difcours eft à la tête de la nouvelle
Edition des Bibliothèques françoifes de la Croix
du Maine & de du Verdier, Sieur de Vauprivas,
dédiée au Roi, & donnée par M. *Rigoley de
Juvigny* avec des remarques critiques hiftoriques
& littéraires.

A

rope, & les encouragea autant par
son exemple, que par les honneurs
& les récompenses dont il les com-
bla. Son règne annonça les beaux
jours qui devoient éclairer, quelques
siècles après, les Sciences & les Arts.
Mais leurs progrès furent insensibles
sous les successeurs de ce sage Monarque, soit par les malheureuses
circonstances des temps ; soit parce
qu'ils ne sentirent pas comme lui,
l'utilité de la culture des Lettres, ni
combien elles contribuent à rendre
un Royaume florissant. Enfin FRAN-
çois I les ranima, & mérita d'être
surnommé leur Père & leur restau-
rateur, titre peut-être moins flatteur
pour l'orgueil du maître, mais plus
cher à sa nation & plus précieux à

l'humanité. C'eſt à cette époque
mémorable, que la lumière ſuccéda
pour toujours aux ténèbres, & que
l'étude des Lettres produiſit enfin
des hommes. On ſentit le beſoin
qu'on avoit d'être inſtruit, & l'émulation devint générale. Les livres ſe
multiplièrent , & déja leur nombre
étoit aſſez conſidérable au ſeizième
ſiècle , pour faire naître l'idée de
former, du nom ſeul des Auteurs
& du titre de leurs Ecrits, un ouvrage non moins utile qu'intéreſſant.

LES BIBLIOTHÈQUES FRANÇOISES
de LA CROIX DU MAINE, & de
DUVERDIER, Sieur DE VAUPRIVAS,
ſont en ce genre le premier monu-
ment élevé à la gloire de la Litté-

rature Françoise. Ces deux Auteurs,
fans fe connoître, & fans s'être com-
muniqué leur deſſein, conçurent le
même projet, l'exécutèrent, & fe
diſputèrent à l'envi le mérite & l'honneur de l'invention. Mais, fans exa-
miner ici lequel des deux a eu le
premier cette idée, nous devons également leur favoir gré de leur travail,
& nous avouerons que, fi les Auteurs
dont ils nous ont conſervé les noms
& indiqué les ouvrages, ne méritent
pas tous l'eſpèce d'immortalité qu'ils
leur ont procurée, ils en ont du
moins parlé avec une impartialité
digne d'éloge.

Pour peu qu'on jette les yeux
fur les ouvrages des anciens Ecri-

vains François, on voit quels obstacles ils eurent à vaincre, soit pour
rendre leurs propres pensées, soit
pour faire passer dans une langue,
encore au berceau, les beautés de
deux langues, dont le sort étoit
fixé, & la supériorité reconnue depuis tant de siècles. Les modèles
que l'Antiquité Grecque & Latine
présentoit à ces premiers Littéra-
teurs, devoient en même temps exciter en eux le sentiment de l'admiration, & celui du désespoir de les
imiter ; mais le goût naissoit à mesure qu'ils les étudioient. La langue
Françoise, timide, grossière, em-
barrassée, n'osoit encore s'élever jusqu'aux Arts & aux Sciences ; elle
étoit même obligée d'emprunter

pour l'hiſtoire, pour les Actes & les Traités publics, le langage de l'ancienne Rome. Des Fables, des Romans, des Récits de faits & geſtes fabuleux furent long-temps ſon partage, c'eſt-à-dire, ſes ſeuls objets & tous ſes fruits : elle étoit trop peu féconde pour en produire d'autres, trop pauvre pour atteindre à la richeſſe d'expreſſion qu'exigent les grands ſujets, trop barbare & trop rude, pour peindre avec ſuccès les nuances délicates des ſujets d'agrément. Mais lorſqu'on eût appris à penſer dans les Ecrits d'Athènes & de Rome ; lorſque le génie éclairé par ces guides immortels eût pris ſon eſſor, & que l'eſprit ſolidement nourri ne ſe laiſſa plus en-

traîner au hafard , ou emporter aux
caprices de la fantaifie , avec quelle
fierté la langue Françoife ne brifa-
t-elle pas fes entraves ? Enrichie des
dépouilles de fes deux rivales, elle
eft enfin parvenue aujourd'hui à les
furpaffer en clarté , & à les égaler
prefque pour l'énergie , l'expreffion,
la douceur & l'harmonie. Elle feroit encore privée de tous ces avantages, fans l'étude que des hommes,
nés pour faifir le beau & le vrai,
ont faite de l'Antiquité ; & , fi les
Grecs & les Romains exiftoient aujourd'hui dans toute leur fplendeur,
ne feroit-ce pas à bien plus jufte titre, qu'ils fe diroient encore les Maîtres du Monde? En effet, à quel
haut degré de perfection n'auroient-

ils pas porté nos découvertes, utiles ou agréables, si elles eussent été faites de leur temps ? Par conséquent, quelles richesses leurs langues n'auroient-elles pas acquises ? Plus les connoissances augmentent, plus les idées naissent en nombre, se développent, s'étendent, s'agrandissent, & plus les images qui les expriment, varient, s'animent & se multiplient. La variété, l'abondance & la richesse d'une langue dépendent donc des connoissances plus ou moins étendues que nous possédons. La langue est nécessairement pauvre chez un peuple sauvage, dont les idées ne sont, pour ainsi dire, que des sensations, & dont les réflexions & les connoissances ne s'étendent pas au-

delà de ce qui le touche ou l'environne. Soumis & livré aux feuls
befoins de la nature, fans eux à peine
s'appercevroit - il de fon exiftence.
Quoique plus à plaindre, il n'en eft
guère plus malheureux : car ce malheur de l'état d'ignorance , quelque
réel qu'il foit, n'eft ni apprécié ni
fenti que par ceux qui s'élèvent au-
deffus. Le Sauvage,& même le peuple des nations policées, a peu d'idée
de fon ignorance , & n'en a point
du tout du favoir qui lui manque.

Les Arts agréables font les
enfans de nos plaifirs ; les Arts utiles
font le produit du hafard ou de la
néceffité ; les fciences au contraire
font le fruit de nos travaux & de

nos veilles. Tous ont leur germe au
fein de la nature , ils n'attendent
que le fouffle du génie pour éclore.
C'eft le génie qui diftingua particulièrement les Grecs des autres peuples de la terre. Dès qu'ils furent
fortis de la barbarie , qu'ils cefsèrent
d'être errans & pauvres, & qu'ils
purent jouir de leurs conquêtes , ils
cherchèrent les moyens de refpirer
en paix fous l'heureux climat qu'ils
avoient choifi. Avides de s'inftruire ,
ils allèrent puifer chez les Phéniciens
& les Egyptiens les connoiffances
qui leur manquoient , les Arts dont
ils avoient befoin ; & ils ne tardè-
rent pas à furpaffer leurs maîtres. Ils
adoptèrent une partie de leur Théo-
gonie & de leurs cérémonies reli-

gieufes. Leurs Poëtes, après un long
féjour en Egypte , où ils s'étoient fait
initier dans les Myftères des Dieux
du pays , de retour dans leur patrie,
chantèrent les premiers ces Divinités étrangères. Ils furent écoutés avec
tranfport par des hommes dont l'i-
magination brûlante s'enflammoit
aifément. La Grèce fut bientôt rem-
plie de Dieux de toute efpèce : le
Ciel , la Terre , les Elémens , tout
dans la nature , jufques aux pallions
mêmes, eut des Temples, des Prêtres
& des Autels Tant il eft vrai que
l'efprit humain , abandonné à fes
feules lumières, eft facile à féduire,
& fujet à s'égarer.

Homère vivoit à-peu-près dans

le temps que ce culte nouveau étoit
encore dans toute fa fplendeur.
Quel vafte champ, pour ce génie
fublime & fécond, que ces fables
où l'orgueil humain trouvoit à s'exal-
ter, où les paffions jouoient un fi
grand rôle, où le merveilleux éclip-
foit la raifon, où le menfonge &
l'erreur, ingénieufement traveftis,
& triomphans de la vérité, exci-
toient, augmentoient fans cefse l'en-
thoufiafme d'un peuple amoureux
de fon origine, en lui rappelant le
fouvenir des Héros dont il croyoit
defcendre ! Quoi de plus fufceptible d'images agréables, qu'une
Religion faite exprès, où tout in-
vitoit les fens à jouir, où la volup-
té préfidoit aux myftères, où l'ima-

gination enfin créoit à fon gré des
Déefes & des Dieux! C'eft avec
ces matériaux fi légers , fi brillans ,
fi propres à la Poëfie , qu'Homère
jeta les fondemens de fa gloire , &
qu'il compofa ces Ouvrages immortels , dans lefquels il déploya toute
la grandeur & toute la beauté de
fon génie. Depuis ce Poëte divin ,
quelle foule de grands hommes la
Grèce n'a-t-elle pas produits? Poëtes,
Orateurs, Hiftoriens, Philofophes ,
tous trouvoient dans leur langue
abondante, énergique, harmonieufe
& fonore, l'expreffion propre à chaque Art & à chaque Science : elle
exprimoit, elle animoit, elle repré-
fentoit tout ; en un mot, elle étoit
en tout genre le pinceau du génie.

Il s'en faut bien que la langue
Latine ait eu le même avantage. Les
foibles commencemens de la République Romaine ne permirent pas à
cette langue d'atteindre d'abord à
la perfection. Il importoit, avant tout,
aux Romains d'affermir un Empire,
qu'ils avoient conquis par les armes.
L'auſtérité de leurs premières mœurs
n'admettoit ni jeux, ni ſpectacles
publics ; & leur langue ſe reſſentit
long-temps de cette auſtérité. Les
intervalles de repos que laiſſoit la
victoire à ce peuple belliqueux,
étoient employés à la culture des
terres ; & cette vie champêtre, ſi
favorable à l'innocence & ſi con-
forme à la ſageſſe, en tempérant les
mœurs, fit perdre inſenſiblement à

ce peuple, une certaine férocité, in-
séparable du tumulte des armes &
de la fureur des combats. Les dépouilles des vaincus, partagées entre
les familles de l'Etat & le Tréfor
public, n'eurent pas plutôt formé
un patrimoine aux particuliers, &
affuré un fonds à la République,
qu'il fallut des Loix. Les Romains
eurent recours aux Grecs, qui virent
bientôt leurs Dieux avoir un culte
& des autels dans Rome, leurs Sciences & leurs Arts y jeter de profondes racines, leurs loix fervir de bafe
aux loix Romaines, & le Sénat fe
former à l'imitation de l'Aréopage.
Rome néanmoins, uniquement oc-
cupée de fa gloire, n'emprunta des
Grecs que ce qui pouvoit contribuer

à fon élévation & à fon agrandiffe-
ment. Un gouvernement fage, une
politique habile & profonde, une
fuite non interrompue de victoires,
des mœurs que le luxe n'avoit point
encore amollies ni corrompues, ren-
doient fans doute les Romains un
peuple illuftre & redoutable ; mais
c'eft aux Arts & aux Sciences de
la Grèce, dont ils firent une étude
fuivie, qu'ils doivent la portion la
plus eftimable de leur gloire, &
celle que le temps refpectera toujours.

ILS FIRENT donc entrer, dans le
plan de l'éducation de la jeuneffe, l'é-
tude de la langue Grecque, & cette
étude étoit la première de toutes.

Cependant

Cependant la fierté Romaine, en
faisant l'aveu de la nécessité d'apprendre le Grec, ne souffroit pas qu'on
le parlât publiquement. Il étoit juste
que la langue Latine eût la préférence, puisqu'elle étoit la langue de
la nation. Cette préférence ; loin de
lui nuire, lui servit beaucoup , par
l'application que l'on mit à étudier
les principes de l'une & de l'autre
langue à la fois. Cette étude n'étoit
pas seulement celle de la jeunesse ,
elle l'étoit encore de l'âge avancé.
Caton en faisoit les délices de sa
vieillesse ; & Cicéron lui-même, le
plus éloquent des Romains , eût été
peut-être moins admiré, moins digne
de l'être, sans les leçons qu'il prit des
Rhéteurs & des Philosophes Grecs.

B

C'est ainsi que les Romains,
non moins ingénieux, non moins
ſpirituels que les Grecs, les reconnoiſ-
ſoient cependant pour leurs maîtres.
Ils l'étoient en effet, par la longue
habitude qu'ils avoient des ſciences
& des Arts; ſource de l'abondance
& de la richeſſe de leur langue, dont
nous ignorons l'origine & l'accroiſ-
ſement, puiſqu'elle étoit dans toute
ſa perfection & dans toute ſa beauté
du temps d'Homére, le modèle de
tous ceux qui ont écrit après lui : on
ne voit pas du moins qu'elle ait varié
depuis; au lieu qu'on ne peut fixer
l'époque de la perfection de la langue
Latine, qu'au ſiècle d'Auguſte. Avant
cette époque, elle avoit ſans doute
de la force & de la majeſté, parce-

que c'étoient des Républicains qui la parloient ; mais elle n'avoit pas cette douceur, cette élégance, cette urbanité, qu'une Cour polie & voluptueuse fut y répandre ; car les mœurs influent fur la langue, autant que le génie, témoin l'Atticifme & le Laconifme : l'un étoit le fruit de tous les Arts & de toutes les Sciences dont Athènes étoit l'afile ; l'autre répondoit à la févérité des mœurs de Lacédémone, où l'on ne cultivoit que les vertus du plus auftère patriotifme.

La langue Latine n'a donc pu fe perfectionner que lentement, & à mefure que le luxe adouciffoit les mœurs, & les corrompoit. Ce fut

B ij

la fuite de la conquête de la Grèce
par les Romains. Alors la Tragédie
& la Comédie abandonnèrent Athènes, & fe réfugièrent dans Rome,
où elles reprirent un nouvel éclat.
Les Poëtes Tragiques & Comiques
trouvèrent dans les Grecs des modèles admirables, & en profitèrent.
Nous ne pouvons guères juger de la
Tragédie Latine, que fur les pièces
qui nous reftent fous le nom de
Séneque, bien inférieures en tout
aux Tragédies Grecques. La Comédie, au contraire, eut un fort plus
heureux, & ne démentit point fon
origine. Elle eut à la vérité fes différens âges *tirés de la rudeſſe ou de la
politeſſe des plumes qui la traitèrent,*
comme le remarque le P. Brumoy

dans son Difcours fur la Comédie
Grecque. Livius Andronicus, Ne-
vius, Ennius même, étoient à l'égard
des Romains du fiècle d'Augufte,
ce que font aujourd'hui pour nous
les Jodelles & les Garniers. Pacuvius,
Cecilius & Accius, rempliffent l'intervalle du fecond âge jufqu'à Plaute.
Le bel âge de la fcène Comique
Latine ne commença qu'à ce Poëte,
qui mérita les fuffrages de fon temps,
malgré les défauts & les irrégula-
rités de fes pièces, par l'enjouement
& le fel de la fatire qu'il fut y répandre, par la fertilité de fon génie, par
la fimplicité de fes fujets, par fes
faillies plaifantes & par fes bons
mots, qu'Horace cependant ne pa-

roît pas approuver (*). Mais Térence,
dont le style simple, noble, élégant
& poli, joint à la connoissance par-
faite des mœurs, & à la vérité frap-
pante des caractères, fit dire à l'envie
que Scipion & Lælius avoient plus
de part que lui à ses Comédies; Térence, dis-je, en copiant Ménandre,
fut le premier qui donna le modèle
de la bonne Comédie, & la fit goûter. Cependant, quoiqu'il possédât
seul le talent de faire passer dans
l'idiome Latin, toute la douceur de
l'idiome Grec, il ne put pas en rendre toute la richesse & toutes les

(*) At vestri Proavi Plautinos & numeros &
Laudavêre Sales, nimiùm patienter utrumque
Nè dicam stultè mirati... HOR. *de Arte Poët.*

beautés. Virgile lui-même, le feul
Poëte digne de traduire Homère,
éprouva les mêmes difficultés. Ces
difficultés proviennent , fuivant
Quintilien (*) , de ce que la langue
Latine, peu riche & peu féconde,
eft obligée de fe fervir de métaphores & de circonlocutions, pour
exprimer beaucoup de chofes qui
n'ont point de nom propre ; & dans
celles, ajoute cet excellent Rhé-
teur , qui ont une dénomination, la
difette de la langue eft fi grande ,

(*) « His illa potentiora , quod res plurimæ
» carent appellationibus, ut eas neceffe fit *trans-*
» *ferre* aut *circumire :* etiam in iis quæ deno-
» minata funt, fumma paupertas in eadem nos
» frequentiffimè revolvit. At illis , non verbo-
» rum modò, fed linguarum etiam inter fe diffe-
» rentium copia eft ». QUINT. L. XII , Cap. 10.

B iv

qu'elle ramène souvent les mêmes termes; au lieu que les Grecs étoient riches, non-seulement en mots, mais en idiomes tous différens les uns des autres. Tels sont les défauts qu'on reprochoit à la langue Latine; aussi les Ecrivains, pour les éviter, se servoient-ils de termes Grecs (*) toutes les fois qu'ils vouloient donner, à leur profe ou à leurs vers, plus de douceur & d'harmonie. Ce n'étoit pas le seul avantage qu'ils en tiroient : ils trouvoient encore chez les Grecs des modèles en tout genre, de sorte qu'écrire & parler attique--

(*) « Itaque tantò est sermo Græcus Latino » jucundior, ut nostri Poëtæ, quoties dulce » carmen esse voluerunt, illorum id nomini- » bus exornent ». *Id. Ibid.*

ment, c'étoit écrire & parler de la manière la plus pure. *Atticè dicere, esse optimè dicere.* Or, si les Maîtres de l'éloquence, les Cicéron, les Hortensius, les Quintilien ; si les plus grands Poëtes & les plus beaux génies de Rome, Virgile & Horace, embellissoient leurs ouvrages, en imitant les Grecs, pourquoi négligeons-nous si fort aujourd'hui ces mêmes modèles, toujours également admirables ? Tant de chef-d'œuvres parvenus jusqu'à nous d'âge en âge, & qui font depuis tant de siècles les délices & l'admiration des gens de Lettres, vraiment dignes de ce nom, prouvent bien la supériorité des Grecs & des Romains ; & si leurs langues sont devenues celles du monde savant, c'eſt moins encore par leur beauté, leur richeſſe & leur énergie, que par le génie, le goût, le naturel & le ſublime, qui brillent dans les ouvrages immortels que ces grands hommes nous ont laiſſés. Diſons plus, ces deux langues ont été conſervées de préférence à celles de tant d'autres peuples contemporains, parce que la Providence, en permettant qu'elles ſerviſſent de barrière contre l'ignorance, les avoit deſtinées en même temps à tranſmettre les oracles des divines Ecritures, & à devenir l'une & l'autre par ce moyen, la langue univerſelle de toutes les Nations éclairées par la lumière de l'Evangile (*).

(*) Aucune langue des anciens peuples ne

LES AUTEURS GRECS furent connus des Gaulois, presque en même temps que des Latins. Marseille, fondée par une Colonie de Phocéens sortis de l'Ionie, ressentit la première l'heureuse influence des sciences & des arts. Son Académie, tout-à-coup

subsiste. Elles sont toutes ensevelies dans la nuit des temps. Les Juifs mêmes, après leur longue captivité à Babylone, oublièrent leur propre langue, & apprirent le Chaldéen, dont le génie étoit à-peu-près le même que celui de l'Hébreu. Depuis ce temps, on ne trouve plus chez les Juifs l'Ecriture Sainte qu'en lettres Chaldaïques. Ils formèrent alors un Grec mêlé d'Hébraïsmes, qu'on appelle le *langage Helleniftique :* la version des Septante est en ce langage. Les Samaritains seuls ont conservé le Pentateuque en anciens caractères Hébraïques. Quant à nous, les Saintes Ecritures ne nous ont été transmises qu'en Grec ou en Latin ; les seules langues que l'Eglise ait adoptées.

célèbre, devint bientôt la rivale de
celle d'Athènes, & même rivale
préférée. L'alliance des Romains
avec la République de Marseille,
leur facilita la conquête des Gaules,
qu'ils méditèrent long-temps avant
que de l'entreprendre. Ainsi les Gaulois n'ont connu les ouvrages de
l'Antiquité Latine, que sous la domination des Romains, accoutumés
à imposer aux vaincus la nécessité
d'apprendre, de parler & d'écrire la
langue des vainqueurs ; car leur politique étoit d'étendre l'usage de leur
langue aussi loin que leurs conquêtes :
politique négligée par les Grecs, &
à laquelle la langue Latine est rede-
vable de la gloire d'être constam-
ment demeurée la langue vulgaire

de tous les gens de Lettres ; tandis que la langue Grecque n'eſt aujour-d'hui bien connue que d'un petit nombre de Savans.

Quoi qu'il en soit , les Gau-lois, en ſubiſſant la loi du vainqueur, y trouvèrent un très-grand avantage. Inſtruits déjà , ils joignirent de nou-velles connoiſſances à celles qu'ils avoient acquiſes. La langue Latine, dans laquelle ils ſe perfectionnèrent, juſqu'à la parler avec l'élégance & la pureté la plus grande , remplaça peu-à-peu l'idiome vulgaire, & leur ouvrit le chemin des honneurs & des dignités. On les vit bientôt occu-per les premières places de la Répu-blique , qui ne ſe donnoient qu'au mérite , & qu'on ne peut en effet remplir dignement , que lorfqu'on fait penfer & parler affez bien , pour faire penfer les autres.

L'ÉTUDE des Belles-Lettres, cul-tivée de tout temps dans les Gaules , étoit négligée, ou pour mieux dire, tout-à-fait ignorée des Romains. Les Gaulois leur en infpirèrent le goût. Toute la Littérature fe bornoit alors à la Rhétorique & à la Poëtique. Les Romains , toujours fous les armes, accoutumés à des exercices violens , ne connoiffoient point ceux du paifible Lycée. Ils étoient plus Soldats que Poëtes & Orateurs; mais ils le devinrent par la fuite. Ils établirent des Ecoles publiques , où

ils fe plaifoient à venir entendre les
leçons des Gaulois. On peut juger
de la célébrité de ces Ecoles, du mérite & de l'habileté des maîtres qui
y préfidoient, par leurs difciples ,
au nombre defquels on trouve les
noms illuftres de Cefar & de Cicéron. Temps heureux, où pour entrer
dans les charges, pour parvenir aux
premières dignités & commander
aux autres, il falloit un mérite réel
& des talens reconnus! Il étoit donc
de l'intérêt des Gaulois d'étudier
avec foin la langue Latine, puifque,
fans cette étude, leur éloquence leur
devenoit inutile : d'ailleurs la néceffité leur en faifoit une loi. Comment
auroient - ils pu défendre dans les
Tribunaux, dont les Juges étoient

Romains, leur innocence ou leurs
droits attaqués? Indépendamment de
ce motif de néceffité, ils en avoient
un autre d'émulation; ils étoient affu-
rés, en poffédant bien cette langue,
de devenir membres de la République, & par conféquent de pouvoir prétendre aux charges les plus
éminentes du gouvernement. Si les
Gaulois n'euffent été qu'un peuple
ignorant & guerrier, une fois vaincus, ils euffent honteufement langui
fous la domination Romaine; mais
l'amour des fciences élevoit trop leur
ame, pour ne pas leur infpirer une
noble émulation, & c'eft par-là
qu'ils fe firent refpecter de leurs
vainqueurs. Rome, toute guerrière
encore, & ne connoiffant d'autre
gloire

gloire que celle des armes, apprit
ainfi des Gaulois, qu'il étoit une autre
gloire plus digne du fage & plus
utile, celle des Lettres. Telle eft la
force de l'exemple, le génie le faifit
en maître. Les Romains profitèrent
des inftructions des Gaulois: les Gaulois à leur tour perfectionnèrent leurs
connoiffances dans le commerce établi entre eux & les Romains: l'ardeur
pour les Lettres étoit générale, &
Rome & les Gaules pouvoient à
l'envi fe difputer l'avantage de produire & de poffèder dans leur fein
le plus grand nombre d'hommes
illuftres.

CES BEAUX JOURS s'éclipsèrent à
la chûte de l'Empire Romain. Les

C

Gaules devinrent la proie d'hommes
sauvages & féroces, sortis des antres
du Nord & des bois de la Germanie.
Elles se trouvèrent infestées de ces
Barbares, qui, tour-à-tour, leur
imposoient des fers; & les Francs
furent les derniers qui s'en empa-
rèrent pour toujours. Peu sensibles
aux charmes des Lettres, ces nouveaux Maîtres, après avoir exterminé
les hommes de leur temps, muti-
lèrent encore les générations à venir,
en brûlant les livres & détruisant les
monumens qui auroient pu faire
revivre le goût & le génie. Les Gaulois, accablés sous le joug, ne s'oc-
cupèrent plus qu'à le rendre moins
dur, & à se procurer la subsistance.
Ainsi commença la décadence des

Lettres : l'esprit de la nation Gau-
loise s'abâtardit insensiblement, &
des siècles ont à peine suffi pour réparer une perte si fatale aux Arts &
aux Sciences.

MALGRÉ les ténèbres de l'igno--
rance qui paroissoient se répandre de
plus en plus, malgré cette fureur
grossière & barbare qui sembloit
devoir tout détruire, la Providence
veilloit à la conservation des précieux
ouvrages de l'Antiquité, en inspirant
à de pieux Solitaires le soin d'en co-
pier les originaux. Les sublimes productions des plus grands génies
d'Athènes & de Rome, trouvèrent
un asile assuré dans les retraites de la
Religion ; & c'est de-là qu'elles ont

paſſé de ſiècle en ſiècle juſqu'à nous.
L'Egliſe qui avoit adopté les langues
Grecque & Latine, les parla toujours; & ſans elle, l'ignorance eût
prévalu. Mais il falloit des hommes
retirés du monde, conſacrés à la retraite par choix, à l'étude par goût,
au travail par devoir, animés du
même eſprit & du même zèle, vivant
en commun ſous un même régime,
qui vouluſſent employer les loiſirs
de leur ſolitude à la faſtidieuſe occupation de tranſcrire ſans ceſſe. C'eſt
pour le bonheur des ſciences & des
lettres, que ces Corps ont ſubſiſté:
jamais des Particuliers, diſſipés par
les affaires domeſtiques, détournés
par celles du dehors, n'auroient pu
ſe livrer à un travail ſi long & ſi

pénible; & c'est un des grands avantages qu'on ait tiré de ces laborieux
& savans Solitaires, qui, du fond de
leur retraite, éclairoient le monde
qu'ils avoient quitté.

Les Moines possédoient & con-
servoient tous ces chef-d'œuvres de
l'esprit humain, & en jouissoient
autant que leur état pouvoit le per-
mettre, tandis que les Grands &
toute la Nation croupissoient dans la
plus honteuse ignorance. Un jargon
barbare succéda à la langue divine
des Homère & des Virgile, des Démosthène & des Cicéron. Comme
celle-ci ne conduisoit plus aux dignités & aux récompenses, elle fut entièrement oubliée. Alors plus d'ému-

lation, plus d'empreſſement, plus d'attrait pour les ſciences. Chaque jour hâtoit leur ruine ; &, s'il ſe trouvoit encore des hommes qui vouluſſent ſe diſtinguer par leur ſavoir, entraînés par le mauvais goût, incapables de conſulter les originaux, ils abandonnoient ces guides ſûrs, pour ne ſuivre que des abréviateurs infidèles. Cette négligence, ou plutôt ce mépris pour les bons modèles, porta la corruption du goût à un tel excès, qu'il ſembloit que les ouvrages de l'Antiquité n'euſſent jamais exiſté, ou qu'ils duſſent être pour toujours enſevelis dans la pouſſière des Cloîtres.

ON N'EUT PAS ſeulement à déplorer alors la perte des Arts & des Lettres, on eut à gémir encore fur l'oubli des Loix & fur la ruine entière des mœurs ; fuites inévitables de l'ignorance, dont les ravages font d'autant plus funeftes, que, par-tout où elle règne, il n'exifte point de vertu, & qu'au contraire le vice y domine dans toute fa force, fans frein & fans remords.

QUELS QUE foient les avantages de l'homme fur tous les autres Êtres de la nature, il a befoin que l'inftruction développe les facultés de fon ame, féconde fon efprit, touche fon cœur, fixe fes idées morales & phyfiques, lui démontre la néceffité d'obéir à la raifon, lui apprenne à

C iv

connoître la justice, à se la rendre à
lui même & aux autres, en domp-
tant ses passions & en évitant les
actions nuisibles à la société : de-là
naîtra l'amour de la sagesse, fondé
sur le sentiment lumineux du vrai,
du juste ; sentiment qui seul peut lui
servir de guide pour marcher cons-
tamment dans le sentier de la vertu,
& le détourner de la voie du vice.
S'il n'est pas éclairé, de combien
d'illusions & d'erreurs son esprit brut
ne sera-t-il pas offusqué ? Quels de-
voirs remplira-t-il, s'il les ignore? Et
il les ignorera, s'il n'est conduit que
par un instinct aveugle. Pour qui
aura-t-il de l'amour & de la recon-
noissance, de l'obéissance & du respect, si son cœur vide de sentiment

n'en connoît pas la nécessité & n'en
fait pas même apprécier la valeur ?
Borné par sa nature à ses seuls appé-
tits, semblable aux animaux par ses
besoins, qu'aura-t-il au-dessus d'eux,
s'il n'a pas même la honte de leur
ressembler ? C'est-là pourtant l'état
auquel voudroit nous réduire un de
ces Philosophes nouveaux , qui emploie toute son éloquence à soutenir
les plus étonnans paradoxes. Quoi !
parce que quelques hommes, se di-
sant sages , &· qui ne sont qu'or-
gueilleux & hardis , abusent de leur
talent pour corrompre les esprits , &
déraciner ces principes si nécessaires
à notre bonheur: qu'il est des vertus
à pratiquer & des vices à fuir ! Quoi !
parce qu'ils osent combattre la vérité

par des argumens puifés dans les fources impures du menfonge, & qu'en-
nemis nés de la fociété ils fe plaifent
à jeter le trouble dans les ames foibles, pour les abandonner enfuite au
tourment affreux du doute ou du dé-
fefpoir ! Enfin parce qu'eux-mêmes,
punis d'avance par les reproches
fecrets de leur propre confcience,
cachent en faux braves l'inquiétude
qui les dévore, & fiers de leurs vaines
lumières, ne cherchent à les répandre que pour éblouir & pour égarer
les victimes qu'ils furprennent; femblables à ces feux trompeurs, dont
la funefte clarté ne fert pendant la
nuit, qu'à augmenter la terreur de
celui qui voyage , & à redoubler
l'horreur de l'obfcurité; il faudra

bannir de l'univers toute vertu &
toute vraie science, rompre tous les
liens de la société, vivre esclaves de
l'ignorance & de nos passions, abju-
rer en un mot pour toujours les droits
sacrés de l'humanité ! Non, si la
science est une arme fatale, ce n'est
qu'entre leurs mains. Elle ne nous
est donnée que pour nous conduire,
& ne leur a servi que pour les égarer. Le goût de la vérité, l'amour de
la sagesse, voilà la vraie science de
l'homme ; c'est d'elle que dépend
notre bonheur, la paix du cœur la
suit, & l'ame du sage qu'elle gou-
verne, libre & calme au milieu de
la prison qu'elle habite, jouit déja
de l'immortalité qui l'attend.

C'est au fein de l'ignorance ,
que naquirent les défordres qui défo-
lèrent toutes les conditions. Elle
enfanta les premières erreurs qui
affligèrent l'Eglife, & tout concou-
rut au progrès du mal. L'éducation,
fi celle qu'on donnoit alors mérite
d'être honorée de ce nom, confiftoit
à apprendre à lire, encore n'étoient-
ce que ceux qu'on deftinoit à l'Etat
Eccléfiaftique, qui la recevoient. On
avoit entièrement oublié l'ufage de
la langue Latine, & l'on ne parloit,
on n'écrivoit plus qu'en langue Ro-
mance, ou ruftique ; c'eft-à-dire ,
dans un idiome barbare, mêlé d'un
Latin corrompu. Auffi quels écrits
vit-on éclore ? Comme le goût tient

à la vérité, & qu'il étoit perdu depuis long-temps, le faux prit la place du vrai. L'Histoire travestie perdit son exactitude & sa sévérité ; les Romans, digne nourriture des esprits vides & inappliqués, pleins d'un merveilleux absurde, firent les délices d'une imbécille oisiveté. Le succès de ce nouveau genre d'écrits, dont la durée fut longue, n'a rien qui doive étonner. Quoique l'homme soit né pour connoître & pour aimer la vérité ; l'erreur, l'illusion & le mensonge assiégent son berceau. Comment les en écarter, si ce n'est par l'instruction ? Quiconque est sans principes, est nécessairement sans goût, sans sagesse & sans vertu. Séduit par ses sens, il s'abandonne à la

pente la plus facile, & c'est celle du
vice. Envain portons-nous en nous-
mêmes le germe des plus belles qualités, il faut le féconder ; la raison
veut être éclairée, & si le nom sacré
de la vérité n'a jamais frappé notre
oreille & pénétré jusqu'à notre ame,
tout ce qui nous environne a droit de
nous séduire & de nous tromper.
L'éducation est notre sauve-garde &
peut seule nous garantir de ce dan-
ger : or elle manquoit dans ces temps
barbares ; il n'est donc pas surpre-
nant que les fables & les contes les
plus absurdes aient été préférés à la
vérité, l'ignorance y conduisoit, le
supposoit, l'exigeoit ; au lieu que
chez les Grecs & les Romains, les
Fables, ou plutôt les Apologues mo-

raux, étoient le fruit d'une imagination brillante, de la politesse & de l'érudition, comme l'ont judicieusement remarqué les Auteurs de l'Histoire Littéraire de la France (*).

Ce n'est pas néanmoins que quelques Princes n'aient tenté de favoriser les Lettres ; mais les obstacles qu'ils avoient à vaincre, se renouvelant sans cesse, rendirent leurs efforts inutiles. L'ignorance avoit jeté de trop profondes racines, pour pouvoir facilement arrêter ses progrès.

La Poésie est peut-être le seul Art auquel nous soyons redeva-

(*) Hist. Litt. de la France, Tom. VI, p. 12.

bles de la confervation des Lettres.
On ne la cultive pas fans un peu de
goût & de génie. Quelque ignorant
ou malheureux que foit un peuple,
il chante même fes malheurs : &
c'eft à l'aide de la Poëfie qu'il charme
fes ennuis, calme fes inquiétudes,
oublie fa mifère, célèbre fes plaifirs,
& rend hommage à la Divinité. Le
Poëte alors choifit un langage moins
vulgaire pour s'exprimer, & ce langage imparfait & groffier s'épure &
s'adoucit infenfiblement, fur - tout
quand c'eft un homme de génie qui
l'emploie. Si d'un côté les Romans
nuifirent à l'Hiftoire, de l'autre ils
furent favorables à la Poëfie, étant
prefque tous écrits en vers. Ce goût
pour la poëfie eft naturel aux François:

on

on a même remarqué que le moindre évènement, férieux ou comique, étoit toujours le fujet d'une Chanfon ; & c'eft de-là qu'eft né le Vaudeville.

LES TOURNOIS (*), cette efpèce de jeux militaires, prefqu'auffi meurtriers que la guerre, qui tiroient leur origine de l'ancienne Chevalerie, contribuèrent également à faire fleurir le règne de la Poëfie. Le fang qu'on y répandoit en éloigna d'abord les femmes : mais lorfque ce fexe, fenfible à la gloire autant qu'à la galanterie, fait pour n'éprouver & n'infpirer que de douces émotions,

(*) Voy. les excellens *Mémoires* de M. de la Curne de Sainte-Palaye *fur l'ancienne Chevalerie*.

D

eût furmonté fa répugnance, il ac-
courut en foule à ces fpectacles; l'honneur & l'amour devinrent l'ame de
ces combats. Les Chevaliers, armés
par les Dames, parés de leurs dons,
animés par leur préfence, faifoient
des prodiges de valeur & d'adreffe.
On leur difoit avant la joûte :

Servants d'amour, regardez doucement
Aux échaffauts, Anges de Paradis,
Lors joûterez fort & joyeufement,
Et vous ferez honorés & chéris.

Le Tournoi fini, ils fe préfentoient,
couverts d'une glorieufe pouffière,
pour recevoir de la Beauté, fouve-
raine de ces jeux folennels, le prix
de leur victoire. Leurs hauts faits
d'armes devenoient bientôt le fujet
des converfations publiques & par-

ticulières , & l'objet des poëmes &
des chanſons que chantoient les
Dames & les Demoiſelles , accom-
pagnées du ſon des inſtrumens. Ces
jeux , devenus les ſpectacles les plus
intéreſſans de la nation, ſe célébroient
avec autant d'appareil , que de magnificence. Ils étoient annoncés par
des Héraults : les Chevaliers s'y pré-
paroient long-temps d'avance , & il
falloit être ſans reproche pour y être
admis. Le concours de la nobleſſe de
tous les pays du monde, & de la plus
belle jeuneſſe , compoſoit la plus
nombreuſe & la plus brillante aſſem-
blée. La beauté des Dames, l'éclat &
la richeſſe de leurs atours & de leurs
habillemens, (dont elles ſe dépouil-
loient quelquefois pour en revêtir

D ij

les Chevaliers), la valeur & le nom
des Héros, tout devoit animer la
Poëfie , & l'inviter à joindre fes
chants aux acclamations publiques.
Mais fi la Poëfie y trouva tant d'a-
vantages, les mœurs y gagnèrent
auffi (du moins tant qu'on obferva
rigoureufement les loix de la Chevalerie) par l'extrême attention qu'ap-
porta la jeune Nobleffe, à ne rien faire
qui pût ternir fa gloire , & lui fer-
mer l'entrée de la barrière.

CET ATTRAIT pour la Poëfie
réveilla l'indolence des Provençaux,
plongés, comme tous les autres peuples de la Gaule, dans la plus profonde ignorance. Les *Trouvers* ou
Troubadours (les premiers Poëtes que

la Provence ait produits) après avoir
compofé leurs Poëmes , alloient de
ville en ville , où ils étoient reçus
chez les plus grands Seigneurs , les
réciter ou les chanter , accompagnés
de leurs *Méneftrels* ou *Jongleurs.*
Cette vie errante , qui reffembloit
affez à celle des anciens Poëtes Grecs,
n'avoit rien de deshonorant ; mais
elle prouve que de tout temps , les fa-
voris des Mufes n'ont jamais été ceux
de la fortune. Par-tout où paffoient
les Troubadours, ils étoient défrayés,
& on les payoit en *armes , habits ou*
chevaux * , *& même en argent.* Les per-
fonnes de la plus haute naiffance, les
Princes mêmes, ne dédaignoient pas
d'embraffer cette profeffion , qui ,

* Voy. Œuvres de Fontenelle , T. III , p. 6.

ayant commencé vers le milieu du onzième siècle , prolongea sa durée jufques vers le milieu du treizième. L'amour & la galanterie étoient prefque toujours la bafe de leurs Contes ou de leurs Chanfons, & fouvent les faveurs des Dames étoient la récompenfe de leurs chants. Quelle imagination ne fe feroit pas enflammée à ce prix? Mais auffi ce n'étoit qu'aux bons Poëtes qu'il étoit permis d'y prétendre. Dans ces temps de loyauté, l'efprit avoit autant d'empire fur le fexe, que les richeffes, la bonne mine & l'éclat d'un grand nom, en ont aujourd'hui. Il faut l'avouer, fi l'envie de plaire aux femmes, donne prefque toujours atteinte à l'innocence des mœurs, elle infpire

du moins la politesse & l'urbanité.
La différence de ces siècles au nôtre ,
c'est que la fidélité , la franchise &
la discrétion étoient le partage des
amans, & que depuis, ces vertus ont
disparu , & même cédé la place aux
vices opposés.

L'EXEMPLE des Troubadours s'é-
tendit jusques dans les Provinces les
plus éloignées. Ils ont la gloire d'a-
voir inspiré les Muses d'Italie : ils
apprirent à Pétrarque à chanter la
belle Laure , & nous leur sommes
redevables de la régularité de la rime
inconnue avant eux. Mais quand on
jette les yeux sur leurs productions ,
on ne sauroit s'empêcher d'y remarquer l'empreinte profonde de l'igno-

rance. On est dévoré d'ennui, avant
que de trouver dans ces sortes de
Poësies, quelques endroits passables.
On y rencontre pourtant quelquefois
de ces heureux élans de l'ame, de ces
expressions naïves du sentiment, que
l'esprit tenteroit envain d'imiter :
comment ne leur seroit-il pas échap-
pé de ces expressions heureuses, ils
avoient la nature & l'amour pour
maîtres !

On se lasse à la fin de suivre les
mêmes traces. Les Troubadours,
d'abord unis entre-eux, se partagè-
rent. Les uns continuèrent à chanter
leurs vers & à les accompagner de la
harpe ou de la vielle ; les autres se
mirent à composer des espèces de

fcènes en Dialogues, qu'ils jouoient
eux-mêmes. Ces Dialogues étoient,
ou des fatyres, dans lefquelles ils reprenoient avec la plus grande liberté les
vices du temps ; (il eft aifé de croire
qu'alors la profeffion de Troubadour
ne fervoit plus à enrichir ;) ou des
récits de quelques hauts faits, & des
louanges adreffées aux Dames & aux
Seigneurs devant lefquels ils étoient
déclamés. De-là on les nomma *Co-*
miques ou *Comédiens* ; &, à pro-
prement parler, telle eft la naiffance
de la Tragédie & de la Comédie
parmi nous. Enfin le règne des Troubadours paffa. Ils s'avilirent de façon,
& fe livrèrent à une telle licence,
que les derniers qui portèrent ce nom,

craints & méprifés , furent chaffés
honteufement.

LES SIÈCLES s'écouloient , & l'i-
gnorance régnoit toujours. Les Troubadours , les Jongleurs , les Mimes
& Pantomimes, ainfi que les Far-
ceurs, ayant été profcrits, on leur
fubftitua un nouveau genre de fpectacle , digne de la groffière fimplicité de ces temps-là. Les traces de la
favante Antiquité étoient tellement
effacées, qu'on n'en avoit pas même
confervé la plus légère idée. Quels
fujets pouvoit-on choifir, pour amu-
fer l'oifiveté des Grands, & délaffer
le Peuple de fes travaux? Au défaut
des fources profanes, la Religion
fervit les Poëtes. Leur choix étoit

d'autant plus naturel , que l'Eglise condamnoit les spectacles, & qu'elle avoit , long-temps auparavant, blâmé, prohibé les Tournois, ainsi que les Farces, tant à cause du sang humain qu'on répandoit dans les uns, que de la trop grande licence qui régnoit dans les autres. On joua donc les Mystères, les Actes des Martyrs & des Saints. La dévotion inspiroit les Auteurs, animoit les Acteurs. Ces pièces étoient partagées en plusieurs journées, & les Représentans qui y faisoient les personnages , étoient souvent des gens distingués , & même des Ecclésiastiques (*).

(*) » L'an 1437, lorsque Conrad Bayer, Evêque
» de Metz , fit exécuter le Mystère de la Passion
» en la Plaine de Veximiel près cette Ville , fut

Nous jugeons aujourd'hui, peut-
être avec un peu trop de sévérité &
de dédain, ces sortes de spectacles :
le mélange indécent des plus grossiè-
res bouffonneries avec les choses les
plus sacrées, a sans doute de quoi ré-
volter. Mais si les Auteurs n'avoient

» Dieu un Sire, appelé Seigneur Nicolle Don
» Neufchatel en Touraine, lequel étoit Curé de
» Saint Victour de Metz, lequel fut presque mort
» en la croix, s'il n'avoit été secouru, & convint
» que un autre Prêtre fût mis en la croix pour
» parfaire le personnage du crucifiement, & le
» lendemain ledit Curé de Saint Victour parfit
» la résurrection, & fit très-hautement son per-
» sonnage.... Un autre Prêtre, qui s'appeloit
» Messire Jean de Nicey, qui étoit Chapelain du
» Métrange, fut Judas, lequel fut presque mort
» en pendant, car le cuer lui faillit, & fut bien
» hastivement despendu & porté en voye ». *Voy.*
Histoire du Théâtre François, Tom. II, pag.
285 & 286.

d'autre deſſein que de toucher & d'at-
tendrir , ſi les ſpectateurs étoient en
effet touchés, attendris juſqu'aux larmes, ſi quelques-uns même d'entr'eux
revenoient de ce ſpectacle avec la
réſolution de changer leurs mœurs,
pouvons-nous, ſans injuſtice, les ac-
cuſer les uns & les autres de profa-
nation & d'impiété? En quoi ſont-ils
donc blâmables ? Abſtraction faite
des ſujets qu'ils choiſiſſoient, & qui
doivent être l'objet , plutôt de nos
méditations & de notre reſpect, que
de notre amuſement , ils ſaiſiſſoient
le vrai but de la Tragédie, qui eſt de
toucher, d'émouvoir & d'intéreſſer.
Ce ſeroit avec bien plus de raiſon
qu'ils nous blâmeroient , s'ils pouvoient revenir aujourd'hui & aſſiſter

à nos pièces de théâtre: avec quel éton-
nement, quelle indignation même,
entendroient-ils les applaudiffemens
donnés aux tirades impies, fcanda-
leufes & déplacées de nos Tragédies!
Ils frémiroient à ces maximes hardies
qui attaquent également & le Trône
& l'Autel. Quel jugement porte-
roient-ils des Auteurs & des fpectateurs ? Nos fpectacles feroient donc,
avec plus de fondement pour eux,
un fujet de fcandale, que leurs jeux
ne le doivent être pour nous. Au
refte, en ne confidérant les chofes
que du côté de l'Art, la naiffance
de la Tragédie chez nos Ayeux, fut
la même que chez les Grecs. Les uns
& les autres ont puifé leurs premiers
fujets de Tragédies dans les fources

facrées de la Religion, avec cette différence, que les Myftères refpectables de la nôtre ne laiffent à l'imagination aucune liberté, tandis que les Grecs pouvoient à leur gré parler de leurs Divinités, embellir leurs fables, & donner l'effor à leur génie. Tel a toujours été le caractère diftinctif du menfonge, il eft fufceptible de toutes les altérations poffibles, au lieu que la vérité eft inaltérable. Aujourd'hui que l'art eft perfectionné, nous avons le même avantage que les Grecs. La Fable & l'Hiftoire nous fourniffent des fujets, & l'Art feroit encore dans l'enfance, fans les reffources qu'elles nous ont procurées.

TOUT INFORMES, tout groffiers

qu'étoient les spectacles dans ces
temps barbares, on sait avec quel
empressement les Grands & le Peuple s'y rendoient en foule. Doit-on
en être étonné? C'étoit le seul délasse-
ment qu'ils eussent, ils ne pouvoient
en avoir d'autres. La simplicité des
mœurs, une dévotion peu éclairée,
les objets de notre vénération mis en
action sous les yeux, tout concouroit
à porter dans l'ame la plus vive impression & le plus grand intérêt.
Aujourd'hui la lecture de ces sortes
de pièces n'est pas supportable, non
pas tant à cause de la rudesse de l'an-
cien langage; mais parce qu'on n'y
trouve ni sel, ni génie, ni beautés,
& que le mauvais goût & la grossiéreté des images, font, de tous les
defauts

défauts, ceux qui rebutent le plus.

QUAND on réfléchit fur la nature
de l'efprit humain, qu'il eft aifé d'hu-
milier fon orgueil, & de le réduire à
fes juftes dimenfions ! Privé de toute
inftruction, il eft nul. L'éclair qui
l'annonce, les idées qu'il conçoit,
les penfées qui l'agitent ou qu'il produit, le jugement qui le confeille ;
le goût qui le guide, l'imagination
qui l'embellit en agrandiffant tous
les objets intellectuels ou fenfibles,
la mémoire, ce miroir utile & offi-
cieux, qui les lui rappelle à fon gré ;
toutes ces admirables qualités ne
font-elles pas relatives au plus ou
moins d'inftruction, & par conféquent bornées au produit de l'éduca-

E

tion ? Que font-elles donc par leur
nature, & que deviennent-elles en
effet, quand elles font enveloppées
des voiles épais de l'ignorance? Fiers
de la vaine parure d'une fauſſe Philoſophie, nous regardons avec mépris ces ſiècles peu éclairés. Mais n'a-
vons-nous pas à craindre, malgré de
ſi grandes lumières acquiſes depuis,
d'éprouver un jour le même ſort? Ces
ſpectacles, qui nous paroiſſent avec
raiſon ſi ridicules & ſi contraires au
goût, n'étoient pas tels aux yeux
de nos Ancêtres. Auſſi les *Myſtères*
furent-ils repréſentés pendant plus de
cent cinquante ans de ſuite. Les *Moralités* & les *Farces* ou *Sotties* eurent·
leur tour. La moralité n'étoit autre
choſe qu'un Dialogue, où les Interlo-

cuteurs repréfentoient, tantôt des per-
fonnages illuftres & vertueux, vrais
ou feints, dont les actions ne pouvoient qu'infpirer les bonnes mœurs;
tantôt c'étoit une fimple Allégorie,
fervant également à l'inftruction des
fpectateurs. La *Farce* ou *Sottie* étoit
livrée au contraire à la licence la plus
diffolue; les actions & les paroles les
plus obfcènes y étoient admifes :
exemple frappant du rapport qu'ont
entr'eux les mauvaifes mœurs & le
mauvais goût !

ON NE PEUT retenir fa furprife,
en parcourant cet intervalle immenfe
de plus de douze fiècles, de ce qu'ils
n'offrent pas, du moins de temps en
temps, quelque rayon de lumière. Si

E ij

par hafard on en apperçoit, il eſt ſi
foible, qu'il ne peut percer la profonde obſcurité qui les couvre. Le
jour qui devoit la diſſiper étoit loin
encore, lorſque l'Art de l'Imprimerie fut inventé.

CET ART par excellence, qui
peut ſeul, d'âge en âge, tranſmettre
tous les autres Arts à la poſtérité la
plus reculée, & qui, dépoſitaire des
penſées, des opinions & des ſenti-
mens divers des hommes, fixe inva-
riablement l'eſprit de tous les ſiècles,
reſſuſcita les Lettres, en tirant de
l'oubli, & répandant de tous côtés
les reſtes précieux de l'Antiquité.
C'eſt par lui qu'ils reçurent une nouvelle vie : ſes progrès réparèrent avec

rapidité les pertes des siècles précé-
dens, & les bons Auteurs, multipliés par l'impreſſion, trouvèrent
bientôt une foule de lecteurs, en état
de les entendre & de les lire avec
fruit. Chaque moment qui s'écouloit
depuis la découverte de l'Imprimerie,
hâtoit celui qui devoit opérer la révolution favorable aux Arts & aux
Sciences; mais il étoit réſervé à FRAN-
çois I de les faire renaître. Il fut le
Dieu tutélaire des Savans, qu'il aima,
qu'il encouragea, & qu'il protégea
toujours. Après plus de douze cens
ans écoulés & perdus dans l'ignorance, on ouvrit enfin les yeux, &
l'on ſortit de la plus honteuſe léthar-
gie. Cette aurore du bon goût, qui
brilla d'abord ſur les heureuſes con-

trées de l'Italie, où régnoient les Médicis, répandit bientôt ſa lumière ſur toute l'Europe ; & , pour parler le langage du Préſident Hénault, ce fut deux fois le ſort de la Grèce d'inſtruire & d'embellir l'Occident.

ON REPRIT donc l'étude des Anciens, l'amour des Sciences ſe ralluma, tous les genres de Littérature furent également cultivés. Le génie ſentit ſes forces & les eſſaya; l'eſprit, auparavant aride & pareſſeux, tenta d'heureux efforts ; & l'imagination, plus ſage & mieux réglée, n'en devint que plus brillante & plus ſolide. Un changement ſi ſubit fut l'ouvrage de la protection du Prince; mais la promptitude inexprimable avec laquelle il s'opéra, fut la suite de l'ardeur que l'on mit à étudier les Anciens. On se les rendit bientôt assez familiers, pour oser les faire passer, soit Grecs, soit Latins, dans notre langue, toute barbare qu'elle étoit encore. Quelque imparfaites que fussent ces Traductions, elles donnoient du moins une idée de l'Antiquité, & inspiroient le desir de connoître les originaux & de les consulter. Les Grands alors, loin de rougir d'ajouter à leurs titres celui de Savans, étoient de tous les gens de Lettres les plus instruits ; ils le seroient encore aujourd'hui, s'ils vouloient se persuader, que l'éclat d'un beau nom ne suffit pas pour acquérir une véritable considération; que destinés par leur naissance à for-

mer la Cour des Rois, ils font faits
auſſi pour entrer dans leurs Conſeils;
que là, autant leurs talens & leur
mérite ſont utiles au Prince, à l'Etat,
aux Peuples, autant leur ignorance
eſt préjudiciable au bien public ;
enfin, que plus ils ſont élevés au-
deſſus des autres hommes, plus ils
doivent s'efforcer de mériter de l'être,
& faire ceſſer ce murmure jaloux,
qui réclame ſans ceſſe les droits de
l'égalité, & ceux du mérite négligé,
contre les caprices d'une aveugle fortune.

A MESURE que la carrière des
ſciences s'étendoit, la nature ſe hâtoit
de former des hommes dignes de la
parcourir : l'éloquence devenoit plus

mâle & plus pure ; une critique plus
éclairée, discutant les faits, rétablis-
soit l'Histoire dans son ancienne
splendeur ; la Poësie s'embellissoit
des larcins qu'elle faisoit aux Muses
Grecques & Latines ; & les Arts
commençoient à briller sous une
forme plus élégante & plus belle.

CEPENDANT la langue Françoise
ne triomphoit point encore de sa rudesse & de sa grossiéreté. Dénuée
qu'elle étoit de graces, d'élégance
& de précision, les Ecrivains n'o-
soient s'en servir, sur-tout pour les
ouvrages dont les sujets nobles, utiles
& intéressans, demandoient à être
présentés avec grandeur, & traités
avec soin. Si elle se fût perfectionnée

tout-à-coup, peut-être alors auroit-
elle nui à l'étude des langues d'Athènes & de Rome. Ses défauts au contraire engagèrent les Savans à s'ap-
pliquer avec encore plus d'ardeur à
cette étude importante. Aussi les ouvrages les plus estimés qui nous soient
restés de ces temps-là sont-ils écrits
dans l'une de ces deux langues ; preuve évidente que les Ecrivains ne pouvoient s'exprimer dans la leur. Une
autre raison décisive pour faire usage
de ces langues anciennes , c'est qu'il
falloit s'instruire , & qu'il n'existoit
aucun ouvrage en François, dont il
fût possible de tirer la moindre utilité. Il étoit donc nécessaire de recou-
rir aux véritables sources du goût &
du génie. Notre langue devoit à la

fin s'épurer, mais c'étoit l'affaire du temps ; il falloit commencer par éclairer l'esprit, parce que l'art de s'exprimer n'a jamais précédé, mais a toujours suivi l'art de penser. Ce n'est pas que quelques Auteurs ne cherchassent les moyens d'enrichir la langue Françoise, & de lui donner une certaine harmonie ; mais ce n'étoit encore qu'un mélange barbare de mots Grecs ou Latins, qu'on tâchoit de naturaliser. Ces efforts ne furent pas tout - à - fait inutiles ; ils accoutumèrent du moins à une sorte de cadence & de mesure dans le style, dont il étoit auparavant entièrement dépourvu. Ajoutons, que la simplicité des mœurs ne contribua pas peu à la lenteur des progrès de la langue.

La lumière croiſſoit toujours, & répandoit un nouvel éclat ſur la République des Lettres, lorſque Jodelle (*), ſentant tout le ridicule de la repréſentation des Myſtères, des Moralités, des Farces & des Sotties, imagina de compoſer des Tragédies & des Comédies d'après celles de l'Antiquité. Son exemple fut ſuivi par ſes ſucceſſeurs. On n'invoqua plus que les noms des Eſchyle, des Sophocle & des Euripide; les pieuſes & ridicules Moralités & les indécentes Sotties furent bannies du théâtre; la Scène Tragique s'ennoblit; la Scène Comique renverſa ſes tréteaux, rompit ſes maſques, &

(*) Voy. *Recherches ſur les Théâtres*, Premier âge du Théâtre François, pag. 20, Ed. *in-4°*.

lança ses traits avec plus de décence ; une foule de Poëtes de tout rang & de tous états faisoient l'ornement du Parnasse François (*), & le Monarque même ne dédaignoit pas d'y monter avec eux.

TANDIS QUE les Muses faisoient retentir au loin leurs concerts, les Loix fleurissoient, reprenoient une nouvelle vigueur, & trouvoient des interprètes fidèles & savans. La sphère des idées s'agrandissoit de jour en jour ; les connoissances se multiplioient ; les progrès de l'esprit humain devenoient de plus en plus sensibles ; la Nature mieux connue, plus exacte-

(*) Voy. *Recherches* de Pâquier, Liv. VII, Chap. VI.

ment obfervée, offroit un vafte champ
aux méditations du Philofophe ; chaque art , & chaque fcience étoient
mieux employés , plus approfondis ;
on jugeoit plus méthodiquement &
fur des principes ; le raifonnement
acquéroit plus de force & de folidi-
té ; mais le goût manquoit encore.

LE GOÛT, ce fentiment exquis de
l'ame, ce taɕt fi délicat & fi prompt,
que la nature accorde quelquefois
fans efforts, qu'elle refufe également
à fon gré, & qu'on n'acquiert pas
toujours , même par l'étude la plus
opiniâtre, pouvoit bien en effet être
négligé par des hommes plus occupés
à jouir , qu'à penfer aux moyens de
joindre l'agréable à l'utile. Voifins

encore de la barbarie, & rougiſſant pour leurs Ayeux, ils ſe hâtoient d'entaſſer richeſſes ſur richeſſes, & de les prodiguer. C'étoit même une affaire d'amour-propre & de vanité, qui tournoit entièrement au profit des Sciences & des Lettres, par l'émulation qu'elle inſpiroit. On cherchoit moins en effet à briller par les fineſſes de l'Art, que par un prodigieux étalage d'érudition. On citoit à tout propos les Auteurs Grecs ou Latins. Cette affectation nuiſoit ſans doute à l'Eloquence, & nous blâmons avec raiſon ce défaut de goût ; mais convenons qu'alors, la plus grande partie des auditeurs ou des lecteurs, n'avoit pas beſoin d'interprète : à peine au contraire, trouveroit-on aujourd'hui dans une assemblée nombreuse, quelques personnes assez instruites, pour pouvoir s'en passer. Malheureusement nous avons réformé l'abus par un abus plus grand, en perdant entièrement l'usage des langues savantes.

Quoi qu'il en soit, la langue Françoise surmontoit, lentement à la vérité, les obstacles qui retardoient ses progrès. Elle acquéroit insensiblement plus de nombre & plus d'harmonie ; on étoit plus sévère sur le choix des mots ; l'éloquence étaloit des charmes inconnus jusqu'alors ; mais c'étoit aux dépens de la noble simplicité. On employoit, pour exprimer les choses les plus communes,

des

des termes ampoulés, on prodiguoit
les métaphores & les comparaiſons
les plus outrées ; & , comme l'oreille
étoit flattée , on ne s'appercevoit pas
de ces défauts ; on faiſoit plus, on les
admiroit. Tandis que la Proſe ſe char-
geoit ainſi d'ornemens confus & dé-
placés , la Poëſie ſe paroit de graces
naturelles & prenoit un vol ſublime.
MALHERBE enfin toucha ſa lyre ; ſes
accords réguliers , ſes chants, pleins
d'une harmonie nouvelle , triom-
phèrent de la dureté de la langue ,
& n'en firent ſentir que la douceur
& les beautés.

LES TEMPS où le goût devoit naître étoient arrivés. Tout annonçoit
l'époque la plus brillante de la Litté-

rature. La génération qui l'avoit pré-
cédée étoit enfin parvenue à détruire
l'ignorance & la barbarie : elle avoit
vaincu toutes les difficultés, furmonté tous les obftacles, & contente de
la gloire qu'elle avoit acquife au prix
de tant de travaux & de peines, elle
laiffoit à la génération fuivante le
plaifir & le foin de recueillir le fruit
de fes veilles. En effet, quelles obli-
gations n'avons-nous pas à tant d'illuftres Savans, dont les recherches,
auffi laborieufes qu'utiles, ont fait
revivre les ouvrages de l'Antiquité,
en ont éclairci ou rétabli les textes,
& nous ont mis à portée d'en profiter ? Sans les efforts de ces hommes
courageux & vraiment doctes, que
nous eftimons trop peu aujourd'hui,

parce que nous croyons n'en avoir plus befoin , nous ferions peut-être encore plongés dans l'ignorance , ou du moins nos progrès auroient été beaucoup plus lents. L'amour qu'ils avoient infpiré pour l'étude des Anciens, demeura dans toute fa vigueur ; mais il étoit bien plus aifé de fuivre & d'embellir la route qu'ils avoient tracée , que de l'ouvrir & de la frayer.

Il ne s'agiſſoit plus que d'épurer le goût , & de réfléchir fur les beautés qu'offrent en foule les modèles de l'Antiquité. Ce n'eſt pas qu'ils n'euſſent déja fervi de guides à plufieurs Ecrivains, mais c'étoit fans difcernement & fans choix. Ces Ecri-

vains luttoient contre le mauvais goût
de leur siècle ; & si , malgré leurs
efforts, la victoire leur est échappée,
ils ont du moins la gloire d'avoir combattu les premiers , & nous devons
leur savoir gré de l'exemple qu'ils
nous ont donné. Si Jodelle n'eût pas
tenté de substituer aux ridicules spectacles de son temps des spectacles plus
réguliers , il est presque certain que
les Mystères, les Moralités & les Sotties auroient peut-être fait, pendant
des siècles encore, l'amusement d'un
peuple toujours également ignorant.
Il avoit cependant à détruire, comme
le remarque l'auteur des Recherches
sur les Théâtres, une prévention d'autant plus difficile à vaincre , qu'elle
étoit fondée sur l'ignorance & sur

une longue habitude. Jodelle ne fut point effrayé de l'obstacle : son génie & ses talens le servirent également bien. Sa hardiesse eut heureusement des imitateurs, qui, à leur tour, en ont eu, d'âge en âge, jusqu'à nous.

Le Cardinal de Richelieu, Ministre dont les vastes desseins ne tendoient qu'à élever sur les fondemens les plus solides la gloire de son Maître & de la Monarchie, fut le premier qui sentit la nécessité de s'occuper particulièrement du soin de polir la langue Françoise & de la perfectionner ; passionné pour tout ce qui pouvoit contribuer à l'utilité de l'Etat, peut-être entra-t-il autant de politique, que d'amour pour les

Lettres , dans l'établissement qu'il forma en leur faveur. Un Royaume, quelque riche & puissant qu'il soit , quelque supériorité qu'il ait sur ses voisins par la politique & par les armes, est loin encore de la véritable puissance, s'il n'est pas également supérieur par les lumières. L'homme ne peut qu'autant qu'il sait : la Nation la plus instruite doit bientôt être la plus puissante; la France l'étoit dès-lors , & n'avoit plus qu'un pas à faire , pour être la rivale d'Athènes & de Rome.

RICHELIEU, en formant l'Académie Françoise, anima par son exemple & par ses bienfaits les membres dont il la composa. Occupé des plus

vaftes projets au milieu de l'adminif-
tration la plus orageufe, chargé feul
de tout le poids des affaires, fans
ceffe en butte au reffentiment des
Grands qu'il avoit abaiffés, impa-
tiemment fupporté par fon Maître,
il trouvoit encore des momens à donner aux Mufes. Mais quelque attention qu'il eût, de n'admettre dans
fon établiffement que des hommes
d'un mérite rare, ils ne pouvoient
avoir que celui de leur fiècle. On
n'étoit encore que favant, & l'on ne
connoiffoit ni l'art de l'Orateur, ni
la manière d'écrire avec goût, ni le
goût même.

Cependant la langue Françoife
acquit fous ces nouveaux maîtres,

F iv

plus de douceur & d'harmonie. Les
Auteurs qui travailloient alors pour
le Théâtre, étoient plus féconds,
qu'élégans & corrects. On commençoit, il est vrai, à observer les règles
Dramatiques, à dessiner mieux un
plan, à soutenir davantage les caractères ; mais on ignoroit l'art de *join-*
dre (*) *à ces mêmes règles la majesté*
de la Tragédie, la noblesse des carac-
tères & la force de la versification.
CORNEILLE parut : la langue Françoise étoit avant lui dénuée de graces
& de force, il la rendit sublime. Son
essai (**), quoiqu'imparfait, étonna.
On vit éclore un art nouveau. Ce

(*) Voy. la Préface du Tom. IV de l'Histoire
du Théâtre François, pag. 6.

(**) Medée.

grand homme, rempli d'Aristote &
d'Horace, tira de son génie créateur,
& puisa dans l'élévation de son ame,
toutes les beautés mâles dont brillent
ses ouvrages. Le Cid acheva d'éclipser
pour toujours la gloire de ses rivaux ;
Richelieu même en fut jaloux, &
lui suscita des critiques qui ne servirent qu'à relever davantage l'excellence de cette pièce. Pour juger des
motifs de cette jalousie, il suffit de
dire que le Cardinal de Richelieu se
glorifia d'être Auteur, & malheureusement il n'en avoit que l'amour-
propre, & non le talent. La nature
l'avoit d'ailleurs trop bien doté, pour
qu'il eût à se plaindre de ne pouvoir
joindre à sa couronne le stérile &
vain laurier d'Apollon. Il eut pour-

tant la foibleſſe de le deſirer, & c'eſt
de lui que nous vient cet uſage, ſi
commun & ſi néceſſaire aujourd'hui,
de s'aſſurer du ſuffrage d'un grand
nombre de ſpectateurs complaiſans
pour applaudir (*). Uſage perfide,

(*) « Mirame, Tragédie du Cardinal de Riche-
» lieu, tomba à la première repréſentation. Ce
» Miniſtre s'étant retiré ſeul à Ruel le ſoir même
» du mauvais ſuccès de ſa pièce, envoya chercher
» Deſmareſts qui ſoupoit avec Petit ſon ami.
» Deſmarets ſe doutant que l'entrevue ſeroit
» orageuſe, pria Petit de l'accompagner......
» Hé bien, leur dit le Cardinal, dès qu'il les vit,
» les François n'auront jamais de goût pour les
» belles choſes, ils n'ont point été charmés de
» Mirame. — Monſeigneur, répondit Petit, ce
» n'eſt point la faute de la pièce, qui eſt admira-
» ble, mais celle des Comédiens. Votre Eminence
» ne s'eſt-elle point apperçue, que non - ſeule-
» ment ils ne ſavoient point leurs rôles, mais
» qu'ils étoient tous yvres? Effectivement, reprit
» le Cardinal, je me rappelle qu'ils ont joué

qui fufpend un moment la chûte
d'un emauvaife pièce , pour la rendre enfuite plus certaine & plus
éclatante.

L'INJUSTICE du Miniftre envers
Corneille étoit trop peu fondée pour
durer toujours. Richelieu céda enfin
à l'Auteur du Cid la palme qu'il avoit
ofé lui difputer. Corneille continua
de parcourir en maître la carrière
qu'il avoit ouverte , & de marcher

» d'une manière pitoyable. . . De retour à Paris
» Defmarets & Petit ne manquèrent point d'aller
» prévenir les Comédiens , & de s'affurer du
» fuffrage de plufieurs des fpectateurs, enforte
» qu'à la feconde repréfentation de Mirame on
» n'entendit que des applaudiffemens ». *Recherc.*
fur les Théâtres, Troifième âge du Théâtre François , pag. 142 , Ed. *in-4º*.

à pas de Géant au temple de l'immortalité. Il emprunta peu des Grecs;
la simplicité de Sophocle & d'Euripide ne cadroit point avec une ame
aussi forte que la sienne. Il imita quelquefois Sénèque, & toujours le sur-
passa. Les Discours qu'il a joints à ses
pièces de Théâtre renferment une
Poëtique admirable, que nos jeunes
Auteurs devroient bien consulter,
non-seulement pour y prendre des
instructions sur l'Art Dramatique ,
mais des leçons de modestie sur la
véritable estime qu'on doit avoir de
soi - même. Il semble au contraire
qu'ils veuillent diminuer la gloire de
Corneille ; & loin de le respecter
comme leur maître , & de l'imiter
comme leur modèle; loin d'étudier

leur art dans ſes chef-d'œuvres &
dans ſes excellens diſcours, ils oſent
lui trouver des défauts, que ſouvent
il n'a pas , & lui diſputer même le
génie de l'invention. Ne diroit-on
pas qu'il eſt au milieu d'eux, comme
étoit autrefois Sully au milieu des
jeunes Courtiſans de la Cour de
Louis XIII?

CES premiers beaux jours de la
Littérature furent ſuivis de jours plus
ſereins & plus brillans encore. Les
Lettres, ſous le règne de Louis XIV,
parvinrent au plus haut degré de
ſplendeur, & la nature parut prendre plaiſir à s'épuiſer , pour rendre
le ſiècle de ce Monarque un des plus
célèbres de l'Hiſtoire.

Aux troubles inteſtins de l'Etat , aux factions les plus puiſſantes & les plus dangereuſes , à la commotion univerſelle de la choſe publique, aux tentatives indiſcrètes & criminelles de l'indépendance , en un mot à la fermentation générale des eſprits , ſuccéda le calme le plus heureux. Le Monarque jeta des regards bienfai-ſans ſur les Arts & ſur les Sciences ; & comme ils devoient tous concou-rir à ſa gloire , le génie commença d'abord par perfectionner la langue deſtinée à tranſmettre à la poſtérité les merveilles de ſon règne.

Des hommes que l'amour de la retraite avoit réunis , cultivoient en paix les Lettres au ſein de la ſolitude

& de la piété. Ils formoient entre eux une société de Savans, où régnoit le goût de la bonne Littérature & de la saine Philosophie. Occupés également de l'étude des Ecrivains Sacrés & Profanes, ils édifioient à la fois le monde & l'éclairoient. Ce font eux, qui par leurs Ecrits ont fixé les premiers la langue Françoise, & l'ont foumife à des règles invariables. Celui de leursouvrages, auquel on attribue fur-tout la fixation de la langue, font ces Lettres immortelles que le génie dicta, & qu'Athènes auroit avouées. On voit par l'exemple de ces Solitaires, combien la retraite eft favorable pour pénétrer dans le fanctuaire des Mufes, & que c'eft en méditant dans le filence les

oracles du goût, qu'on parvient à les
imiter, & à les égaler.

C'est ainsi que les hommes élo-
quens, que le siècle de Louis XIV
a vu naître, ont acquis l'immortalité.
Le bel-esprit étoit encore ignoré, ou,
s'il osoit se montrer, ce n'étoit que
dans des Ecrits de pur amusement,
sans prétendre aucun rang dans la
République des Lettres. Les Orateurs montoient à la Tribune doués
de toutes les connoissances & de tous
les talens nécessaires à leur Art.
Abondante sans superfluité, riche
sans faux brillans, naturelle sans bassesse, simple avec majesté, élevée
sans affectation, sublime sans efforts,
leur éloquence mâle & nerveuse,

tantôt

tantôt préférant la force du raison-
nement aux tours ingénieux & fleu-
ris , s'attachoit moins à plaire qu'à
inftruire , qu'à convaincre & per-
fuader ; tantôt s'élevant avec le vol
de l'aigle jufqu'au fein de la Divinité
dont elle fembloit être l'organe, elle
étonnoit, raviffoit, arrachoit des larmes & des fanglots : dans les uns ,
pleine de candeur, animée du feul
coloris des graces; tendre, harmonieufe & touchante, elle pénétroit
l'ame de la plus douce émotion, &
couvroit de fleurs les vérités qu'elle
vouloit annoncer aux Peuples comme
aux Rois ; dans les autres, brillante ,
énergique & pittorefque, elle traçoit
les mœurs, les vices & les erreurs du
temps, & prenoit des mains de la

G

vérité les armes dont elle les combat-
toit. Faifoit-elle l'Apothéofe des Héros ? Alors déployant toutes les richeſſes de l'Art, ſoutenue par une
imagination vive & brillante, toujours guidée par le goût, elle peignoit
avec des traits de feu leurs vertus,
leurs actions, leurs talens & leur
courage, en arroſant de ſes larmes
les fleurs qu'elle jetoit ſur leurs tom-
beaux. Telle étoit l'éloquence qu'on
admiroit autrefois, bien différente
de cette fauſſe éloquence, qu'on nous
fait entendre aujourd'hui, toujours
guindée, ſouvent enflée, ſéche ou
puérile, dénuée de graces, de ſentiment, de nobleſſe & d'ingénuité.

Dans ces temps du bon goût, ce

n'étoient pas seulement les Orateurs
que les filles de Mémoire inspiroient;
elles se plaisoient encore à mêler
leurs chants célestes aux accords de
la lyre des Quinault & des Lulli ;
elles faisoient revivre les pinceaux des
Apelles & des Zeuxis, & ranimoient
le ciseau des Phydias & des Praxi-
telles ; elles portoient avec complai-
sance leurs regards sur ces Monumens
immortels, qui s'élevoient par la
magnificence & pour la gloire du
Monarque & des Arts ; en un mot
aucun genre ne pouvoit demeurer
imparfait. Mais, ce qu'il y a de plus
admirable, c'est que la nature, en
prenant plaisir à multiplier le nombre
des grands hommes, sembloit ne
leur dispenser que le génie propre à

chaque Art dans lequel ils devoient exceller.

CORNEILLE avoit reſſuſcité la Tragédie des Anciens; & quoiqu'il eût tenté de faire revivre auſſi la Comédie, ſes efforts furent infructueux. Il n'appartenoit qu'à MOLIÈRE ſeul d'avoir la gloire de créer de nouveau l'art de la ſcène Comique , & de le porter fort au-delà de celui des Anciens. Il avoit été, depuis Térence juſqu'à lui , entièrement oublié. La Comédie de *la Mère Coquette* de Quinault , pièce régulière , modèle même, ſi l'on veut, d'intrigue , exiſtoit vainement. Celui qui d'un œil attentif obſerve la nature, la ſuit pas à pas , perce les replis du cœur humain, en démêle avec adreſſe les paſſions diverſes, diſtingue habilement leurs nuances & leur caractère, découvre le jeu de leurs reſſorts les plus ſecrets, arrache le maſque au vice, ſaiſit les ridicules, quelque imperceptibles qu'ils ſoient, & ſait tirer d'un fonds auſſi riche de quoi nous faire rire à nos dépens ſans nous en appercevoir, eſt véritablement l'homme de génie, le créateur de l'Art, & MOLIÈRE le fut. Il avoit le talent d'émouvoir le cœur & d'intéreſſer l'ame : il donnoit à ſentir à l'un, à penſer & à comparer à l'autre. Les Auteurs qui l'avoient précédé, ceux qui couroient avec lui la même carrière, n'avoient-ils pas les mêmes vices, les mêmes paſſions, les mêmes

G iij

ridicules à peindre & à combattre ?
Pourquoi ne l'ont-ils pas tenté? C'est
que le génie leur manquoit. Molière,
pour réuſſir, eut plus d'obſtacles à
vaincre que Corneille. Il étoit en
effet plus aiſé de rétablir la vraiſem-
blance dans la Tragédie, que la vérité
dans la Comédie. On étoit accou-
tumé à un Théâtre licencieux ; c'eſt-
à-dire, que les Poëtes Comiques, ou
du moins la plupart d'entre eux *ſe
permettoient des licences, qui ne carac-
tériſoient pas moins la malignité de
l'eſprit, que la corruption du cœur; &
ce genre étoit reçu & applaudi* (*). Le
moyen d'en faire goûter un nouveau, où l'Auteur ne ſortant jamais

* Voy. Obſervations ſur la Comédie par
Riccoboni, p. 117.

des bornes de la décence & des mœurs, n'attaquoit que les vices & les ridicules sans aucunes personnalités? Molière en vint à bout, & n'a laissé son génie, son talent à personne.

TANDIS QUE la Scène Comique s'enrichissoit des chef-d'œuvres de cet Auteur inimitable, Corneille terminoit sa carrière, & voyoit dans RACINE, qui commençoit à paroître, un rival digne de lui disputer, ou de partager sa gloire. Elevé à Port-Royal, c'est l'éducation qu'il reçut dans cette savante retraite, qui développa ses talens ; c'est là qu'il puisa dans l'étude de l'Antiquité ce goût, cette élégance, cette pureté, cette

correction qu'on admire dans ſes
ouvrages ; Euripide & Sophocle
furent ſes guides, & le formèrent·
Une récompenſe qu'il reçut de la
part du **Roi**, pour une Ode qu'il
avoit faite, décida pour jamais ſon
talent; & peut-être Racine ſeroit-il
ignoré ſans Chapelain, qui parla ſi
avantageuſement à Colbert & de
l'Ode & de l'Auteur, que peu de
temps après le Miniſtre lui accorda
une penſion. Quand on réfléchit ſur
l'honnêteté de ce procédé, & ſur le
bien qu'il a produit, on voudroit
oublier, que l'honnête Chapelain
étoit un mauvais Poëte.

Pour que les talens naiſſent, s'é-
lèvent & ſe fortifient, il faut les pro-

téger, les aider, les encourager.
COLBERT, ami des Arts & du bien
public, qui répandoit sur les Savans
les bienfaits de son Maître, jusques
dans les contrées les plus éloignées,
devint le protecteur de Racine. Les
succès du jeune Poëte, furent en peu
de temps si brillans & si rapides,
qu'ils excitèrent la jalousie de Corneille. Mais Corneille étoit vieux,
& ses productions étoient plus foibles. Ce n'étoit plus le père du Cid,
des Horaces & de Cinna, c'étoit
l'Auteur de Pertharite & d'Attila.
Les Auteurs n'ont que trop imité
depuis sa foiblesse ; malheureusement ils n'ont pas les mêmes titres
que ce grand homme, pour se faire un
nom, & pour leur servir d'excuse.

Nous ne pouvons trop remarquer, combien les mœurs ont d'empire fur les ouvrages d'efprit. Un Roi jeune & victorieux, une Cour brillante, qui ne refpiroit que la gloire & la galanterie, où l'on ne fongeoit qu'à plaire, où du fein des plaifirs on voloit à la victoire, frappèrent les premiers regards de RA-CINE; ainfi, lorfqu'il choifit l'amour pour être l'ame de fes Tragédies, il fuivoit à la fois le goût qui dominoit alors, & le penchant de fon cœur. Les hommes ne font, que ce que les circonftances veulent qu'ils foient. Corneille, au contraire, né dans un temps où la guerre civile déchiroit l'Etat, où les factions en-traînoient dans des intrigues fan-

glantes, où les paſſions les plus fortes
jetoient dans les eſprits une ſorte de
courage & d'élévation, donnoient
plus de vigueur à l'ame, augmentoient ſon reſſort, Corneille n'avoit
vu que des événemens propres à
faire germer dans ſon ame ces ſenti-
mens dignes des premiers Romains,
& ſi bien exprimés dans toutes ſes
Tragédies. Les mœurs influèrent
donc ſur le goût de ces deux grands
hommes, & imprimèrent à leurs
ouvrages ce ſentiment dans l'expreſſion, ce caractère de vérité, qui les
diſtinguent ſi eſſentiellement, &
dont juſqu'à préſent aucun Auteur
Tragique n'a pu ſe flatter d'appro-
cher.

TANT que les admirateurs de Corneille ne combattirent qu'en faveur de sa gloire les succès de Racine ; tant qu'ils n'opposèrent que chef-d'œuvre à chef-d'œuvre , on pouvoit leur pardonner leur enthousiasme pour un grand homme, dont les triomphes n'étoient plus douteux, & dont la place étoit marquée d'avance au Temple de Mémoire. Cette préférence, cet enthousiasme même, n'avoient rien d'humiliant pour Racine. Mais, lorsque l'intrigue & le mauvais goût se liguèrent contre lui, en s'efforçant de faire triompher Pradon , on ne vit plus alors dans cette conduite qu'une basse jalousie , & la plus aveugle prévention du Bel-esprit , ennemi né du génie. Ce qu'il

y a de plus étonnant; c'eſt que des
femmes aimables, inſtruites, ayant
un nom, de l'eſprit, des talens même
pour écrire, étoient à la tête de la cabale. Les Athéniennes ne jugeoient
ni les Sophocles, ni les Euripides ;
elles ne donnoient point le ton aux
Auteurs de la Grèce. Puiſque nos
mœurs plus douces & moins fières
avoient laiſſé uſurper au beau ſexe le
ſouverain empire du goût, qu'étoit
donc devenue la ſenſibilité qui lui
eſt ſi naturelle? Comment avoit-il
pu la perdre au point de ſe déclarer
contre l'Auteur le plus tendre, & le
plus digne de lui plaire ?

EN EFFET, que de charmes, que
de magie, que de merveilles intel-

lectuelles dans le ſtyle de Racine !
Quelle nobleſſe, quelle ſublimité,
quelle délicateſſe de ſentiment dans
ſa Poëſie ! Quelle juſteſſe & quelle
netteté d'expreſſion ! Quelle harmonie, quelle facilité dans ſes vers, où
l'on ne trouve pas une épithète oiſive,
pas un mot de ſur-charge ou d'enflure, pas une ſeule nuance de ſentiment imparfaite ou manquée ! C'eſt
le Peintre du cœur, le Poëte de toutes
les ames ſenſibles, qui, dans ſes ouvrages, a porté la langue Françoiſe
au dernier degré de perfection &
de pureté. Il eut le bonheur d'être le
contemporain & l'ami de Boileau.
Boileau ! dont notre ſiècle auroit
beſoin pour faire juſtice des Pradons
& des Cotins modernes ! Il ſemble

que la nature l'ait fait naître exprès dans le fiècle du goût, pour en enfeigner le culte, le préferver de la corruption, le perpétuer, & pour chaffer de fon temple tous ceux qui voudroient le profaner. Elle lui accorda le don de la Satire; il l'employa toujours utilement contre les mauvais Auteurs, qu'il ne craignit jamais, parce qu'il étoit auffi honnête homme qu'excellent Ecrivain.

On lui fait cependant un crime aujourd'hui de fes Satires; on ne le traite que de verfificateur, quoiqu'il foit un Poëte de génie & un très-grand Poëte. Ne diroit-on pas que ces Juges injuftes, fi délicats à la fois & fi rigoureux, craignent qu'il ne renaiſſe de ſa cendre? Ne croiroit-on pas qu'ils liſent déja leurs noms, à la place de ceux des mauvais Auteurs qui figurent ſi bien dans ſes Satires?

RENDONS GRACES néanmoins à notre heureuſe deſtinée, du courage, & du ſuccès avec leſquels ce Légiſlateur du Parnaſſe a combattu & pourſuivi le mauvais goût, qui peut-être eût triomphé, eſcorté comme il l'étoit alors du bel-eſprit. Combien peu s'en eſt-il fallu que PRADON ne l'ait emporté ſur RACINE! N'a-t-on pas vu le moment où les Anciens alloient être dégradés & bannis de la République des Lettres ?

AU MILIEU des triomphes des Corneille

Corneille , des Racine & des Molière , le Bel-efprit , mécontent de ne jouer depuis long-temps qu'un rôle fubalterne , s'admirant dans fes productions frivoles , jaloux d'étaler fon clinquant & fon faux-favoir , trouva le fecret enfin d'entrer en lice pour la première fois ; & pour qu'on doutât moins de fes talens , il voulut fe fignaler , en difputant aux Anciens leur fupériorité fur les Modernes. Cette penfée ne pouvoit venir , que d'un fonds d'orgueil & d'ignorance infupportable. Cependant PERRAULT fe chargea de l'attaque , & foutenu par quelques beaux-efprits auxiliaires , il engagea le combat.

PERRAULT ne favoit point le

H

Grec (*), par conféquent n'avoit
jamais lu ni Homère, ni Pindare,
ni Sophocle. Il ignoroit, de fon
aveu, quelle étoit l'Ode d'Horace
à laquelle Jules Scaliger donnoit la
préférence ; il ne favoit pas même
juger quelle étoit la plus belle Ode
de Malherbe, pour l'oppofer aux
Anciens. Comment ofe-t-on décider
des rangs, apprécier le mérite, quand
on eft incapable de comparer par
foi - même les talens des uns & des
autres ? Si Corneille, par la fécon-
dité de fon génie fublime, a fu égaler

(*) Voy. *Variétés férieufes & amufantes*, nouvelle Edition, 1769, Tom. I, pag. 371, où M.
Sablier, qui en eft l'Auteur, rapporte une lettre
écrite à un de fes parens, & dont il a l'original
de la main de Perrault, dans laquelle cet adver-
faire des Anciens avoue qu'il ne les connoît pas.

les Anciens ; fi nous retrouvons Euripide & Sophocle dans Racine,
Ariftophane, Plaute & Térence
dans Molière ; Horace & Juvénal
dans Boileau, Efope & Phedre dans
la Fontaine, Lucien dans Fontenelle, Pindare dans l'illuftre &
malheureux Rouffeau, qui fera toujours, malgré l'envie, le premier
Poëte Lyrique de la France ; fi nous
croyons encore entendre les Démofthène, les Ifocrate & les Cicéron
dans tant d'Orateurs qui les ont fait
revivre ; en un mot, fi le fiècle de
Louis XIV a produit lui feul, ce
que des fiècles entiers n'ont pu produire que lentement fous les heureux
climats de la Grèce & de l'Italie ;
en doit-on conclure que les Moder-

H ij

nes l'emportent fur les Anciens ?
Tandis au contraire que, fans les
Anciens, ces Modernes fi célèbres
aujourd'hui, fi dignes de l'être, feroient peut-être demeurés dans l'oubli; car le génie eft languiffant, s'il
n'eft pas fortement ébranlé par la
beauté, la grandeur, l'excellence &
la vérité des objets qui le frappent
& le faififfent; ce n'eft qu'alors qu'il
s'anime, qu'il s'enflamme & qu'il
crée. Eft-il Poëte? Ce n'eft plus Homère, Pindare, Virgile, Horace
qu'il vient de lire, c'eft l'efprit de
tous qui l'infpire à la fois; c'eft
une Divinité qui s'empare de lui: il
chante, les vents fe taifent, & la
terre eft attentive à fes accens. Eft-il
Orateur? Les Harangues de Démof-

thène & de Cicéron pénétrent fon
ame, développent fes talens; il vole
à la tribune, & fon éloquence, fans
faux ornemens, fans éclat emprunté,
coule délicieufement de fes lèvres,
enchante, touche & perfuade. Eft-
il Hiftorien? Hérodote, Xénophon,
Thucydide, Céfar, Tite - Live &
Tacite forment tour-à-tour fon ftyle,
lui montrent la route difficile & dangereufe de la vérité, dont il ne doit
jamais s'écarter, lui apprennent à
tenir le fil néceffaire pour ne pas s'é-
garer dans le labyrinthe de l'Hiftoire,
& lui découvrent en même temps
le fecret d'attacher, d'inftruire &
de plaire.

IL FAUT donc néceffairement au

génie une première impulfion, qui
provoque fon feu, lui donne de
l'action, & l'enflamme. Cette impulfion une fois donnée, l'imagination s'allume à fon tour, & produit
fans peine & fans efforts les images
les plus grandes & les plus frappantes.
Ceux que nous appelons Anciens
par rapport à nous, ont été précédés
par des Peuples qui les ont inftruits;
& en remontant jufqu'à l'enfance
du Monde, les premiers Hommes
avoient pour maître les merveilles de
la nature. Ce fpectacle auffi intéref-
fant que fublime, qui frappoit fans
ceffe leurs fens, élevoit leur efprit
jufqu'à leur divin Auteur, & leurs
premiers ouvrages n'ont été que des
Cantiques de reconnoiffance à fa

gloire. Mais à mesure que la nature s'est corrompue, que l'innocence a cessé d'habiter la terre, que le séjour des Villes est devenu nécessaire à une société plus nombreuse, que le fer n'a plus été travaillé pour ouvrir seulement le sein de la terre & le rendre fertile, qu'on en a forgé des armes cruelles, & que des ruisseaux de sang ont coulé dans les campagnes; les besoins alors ont fait naître l'industrie, les Arts ont dû leur découverte au hasard, le luxe les a multipliés, l'expérience d'âge en âge a perfectionné les connoissances, les sciences se sont formées & ont été le produit des méditations constantes de l'esprit humain, les peuples de proche en proche se les sont com-

H iv

muniquées, & ceux chez lefquels elles ont jeté les plus profondes racines, ont été les plus favorifés de la nature. Or, quelque étendue de génie que nous ayons reçue d'elle, cette faveur eft un partage, & par conféquent elle eft toujours bornée; elle nous devient même inutile, fi nous ne la cultivons pas. Nous devons donc confulter ceux, qui peuvent nous donner le plus de lumières analogues à ce fens intellectuel qui agit en nous. C'eft par-là que les grands hommes du fiècle dernier, fe font affuré les éloges & l'admiration de la poftérité la plus reculée; & loin d'avoir eu le fot orgueil de fe croire fupérieurs à leurs maîtres, ils ont avoué qu'ils leur étoient redevables

des beautés qu'on trouvoit répandues
dans leurs ouvrages. En effet, par-
courez leurs Ecrits, tout y respire le
goût, tout y porte l'empreinte du
génie, tout y rappelle la savante Antiquité. Tel est encore aujourd'hui,
le caractère distinctif des ouvrages
du Pline de la France (*), ce Savant illustre, ce génie vraiment créateur, l'honneur & la gloire de son
siècle, ce Philosophe profond, cet
Historien éloquent & sublime de la
Nature, auquel elle semble avoir
pris plaisir à révéler ses secrets les
plus cachés.

Les Anciens seront toujours les
maîtres & les modèles de tout Au-

(*) M. le Comte de *Buffon*.

teur, qui, jaloux de fa gloire, vou-
dra que fes Ecrits paſſent à la poſtérité. C'eſt moins la mal-adreſſe &
l'ignorance de Perrault qui l'ont fait
ſuccomber, que l'impoſſibilité de
ſoutenir & de défendre une cauſe
auſſi ridicule & auſſi mauvaiſe que
celle qu'il avoit entrepriſe. Les Boileau, les Racine eux-mêmes y auroient échoué. Qui pouvoit mieux
cependant y réuſſir que ces grands
hommes, dont les veilles avoient été
conſtamment employées à l'étude de
l'Antiquité? Qui devoit par conſé-
quent juger avec plus d'autorité, de
connoiſſance & d'intérêt les beautés
& les défauts des ouvrages des Anciens? A quoi ſongeoit donc le bel-
eſprit, de s'expoſer, par ſon igno-

rance, à la honte d'une défaite certaine, en n'employant même contre
lui que les armes du fens commun?
Envain appela-t-il à fon fecours &
LA MOTTE & FONTENELLE. Ces
deux Ecrivains étoient eux - mêmes
un exemple, qui n'établiffoit pas la
fupériorité des Modernes. Si l'on eftime dans l'un le profateur ingénieux,
le verfificateur de la raifon, on eft
forcé d'avouer que les trois quarts de
fes Odes & de fes Fables glacent
d'ennui le lecteur le plus bénévole.
Si l'on aime dans l'autre l'art d'orner
& d'embellir le compas d'Uranie;
fi l'on applaudit à la touche ingé-
nieufe & favante de fes *Oracles*, à la
fineffe de fes *Dialogues*, à l'agréable
Philofophie de fes *Mondes*, au tour

inimitable de ſes *Eloges*, on eſt, malgré ſoi, dégoûté du jargon fade & précieux de ſes *Idylles* & de ſes *Eglogues*, ſi éloignées du naturel & de l'élégante ſimplicité de Théocrite & de Virgile.

On doit être étonné, qu'une pareille diſpute ſe ſoit élevée dans un ſiècle, où les Sciences étoient ſi manifeſtement redevables aux Anciens de l'éclat qu'elles répandoient ſur toute la France. Mais le bel-eſprit alors imitoit Séneque, qui ne ceſſa, pour ſoutenir ſa réputation, de déprimer les Anciens, ſentant bien que, ſi l'on s'attachoit une fois à la lecture de leurs ouvrages, on ne pourroit jamais lire ni goûter les

fiens (*). C'eſt ainſi que la décadence du goût ſuivit le beau ſiècle d'Auguſte ; c'eſt ainſi que le nôtre touche
peut-être de près à l'époque humi-
liante de l'ignorance des premiers
ſiècles.

La Nature a paru ſe repoſer,
après avoir enfanté tant de merveilles
pendant le ſiècle dernier. Mais dire
qu'elle ſe ſoit épuiſée, c'eſt l'outra-
ger ; c'eſt autoriſer la pareſſe, qui,
bercée de la fauſſe idée qu'il n'eſt

(*) « Quem non equidem omninò conabar
» excutere, ſed potioribus præſerri non ſinebam,
» quos ille non deſtiterat inceſſere, cùm diverſi
» ſibi conſcius generis, placere ſe in dicendo
» poſſe iis, quibus illi placerent, diffideret. »
Quintil. Lib. X, Cap. I, in fin.

plus rien de neuf à inventer, ferme les livres, laiſſe-là l'étude & s'endort; c'eſt étouffer le génie naiſſant, l'empêcher d'éclore, & le détourner de tenter des efforts heureux ; c'eſt rendre enfin à l'ignorance tout ſon empire, & au bel-eſprit la gloire de ſe ſoutenir par ſes frivoles & inutiles productions. Envain on objecte ſans ceſſe que les ſources ſont taries, & que les ſentiers ſont trop battus : à force de le répéter, on le croit, & le goût ſe perd. Quoi ! les ouvrages de ces génies immortels de l'Antiquité, n'ont plus de beautés pour nous! Ils n'ont plus le pouvoir de nous enflammer, parce qu'ils ont enflammé ceux qui nous ont précédés! Pourquoi donc Horace recom-

mandoit-il avec tant de force aux
Ecrivains de son temps & aux Ecrivains à venir, de les lire & relire
jour & nuit?

N'accusons de ce préjugé, malheureusement trop établi, que notre
méthode d'éducation. Les langues
Grecque & Latine y tiennent si peu
de place, que l'Elève les oublie pour
toujours, dès qu'il est une fois sorti
des mains de son maître. Cependant elles sont la clef de toutes les
Sciences & de tous les Arts : elles
sont utiles, dans tous les temps de
la vie, à quiconque en a su profiter :
elles aident & favorisent les dispo-
sitions naturelles des ames heureusement nées, elles écartent le soupçon

honteux d'ignorance & d'éducation négligée, elles ornent l'esprit, étendent les connoiſſances, conduiſent directement aux ſources premières du goût, ajoutent enfin un plus haut prix au mérite perſonnel de l'homme en place. Que l'on jugeoit mieux autrefois des avantages réels & de l'utilité de ces deux langues! Il eſt vrai qu'alors l'inſtitution de la jeuneſſe étoit mâle & vigoureuſe: auſſi formoit-on des hommes. La ſcience précédoit la connoiſſance du monde; & loin de regarder comme perdues ces premières années conſacrées à l'étude, & ſi néceſſaires à bien employer pour fonder quelque eſpérance ſur l'avenir, les heures n'étoient pas encore aſſez longues pour

pour remplir un objet si essentiel &
si intéressant. Rapportons-nous - en
au compte qu'en rendoit, pour
l'instruction de sa famille, un des
Ancêtres (*) du premier Président

(*) Henry de Mêmes en 1584. « Nous étions,
» écrivoit-il, debout à quatre heures du matin
» & allions à cinq aux études. . . . Nous oyions
» les lectures jusques à dix heures sonnées sans
» intermission. . . Après dîner nous lisions par
» forme de jeu Sophocle, ou Aristophanes, ou
» Euripide, & quelquefois Demosthenes, Cicero,
» Virgilius, Horatius . . . . Et le soir nous lisions
» en Grec ou en Latin ». Voy. *Traité des Etudes*
de Rollin, Tom. I, pag. 123 & 124, Edit. *in-4*.

J'ai actuellement sous les yeux une Traduction
des Philippiques & de plusieurs Oraisons de
Démosthène, faite par M. N. de Nicolay, premier Président de la Chambre des Comptes de
Paris, ayeul de M. de Nicolay, aujourd'hui premier Président de la même Chambre. Cette Traduction, qui n'est que manuscrite, pourroit soutenir le grand jour de l'impression, même à côté

I

de Mêmes. La jeuneſſe éveillée dès l'aube du jour, voloit à l'étude. Elle ſe faiſoit un jeu de la lecture des meilleurs Auteurs de l'Antiquité Grecque & Latine ; elle s'en nour-riſſoit, & l'on voyoit avec plaiſir l'eſprit ſe développer, le jugement ſe former, le goût devenir pur & ſolide. Le cours des études fini, on entroit dans le monde, non avec ces graces qui doivent tout à l'art, cette confiance hautaine, dont la préſomption eſt la mère, ce ton libre & décidé qu'on applaudit, & qu'il feroit plus ſage de réprimer ou de contenir ; mais avec ces graces in-

de l'excellente Traduction de feu M. l'Abbé d'O-livet. L'amour des Letttes, le mérite & les talens ne ſont pas moins héréditaires dans cette illuſtre Maiſon, que la vertu, l'honneur & la probité.

génues, cette candeur aimable, cet embarras modeste, qui annoncent l'innocence des mœurs, cette juste méfiance de soi-même, compagne des vrais talens que l'expérience achève de perfectionner, & qui conduisent aux places destinées à la naissance, briguées par la fortune, accordées à la faveur, & que le mérite attend.

Si cette méthode d'élever la jeunesse se fût conservée, nous aurions encore des hommes. Mais nos mœurs sont trop énervées, pour que l'éducation ne soit pas amollie. De là naissent la plupart des vices du cœur & des travers de l'esprit. Au moyen de la foible nourriture qu'on lui donne, il ne prend qu'une consistance factice. Il reffemble à ces fruits fauvages, qui plaifent d'abord à la vue, & dont la faveur détruit le charme. Comme il eft vide, fes idées toujours vagues, quelquefois brillantes, ne font jamais folides : préfomptueux, il croit faifir tous les objets qu'il n'eft pas capable d'atteindre; fuperficiel, il les effleure tous & n'en embraffe aucun : fier, autant de ce qui lui manque, que de ce qu'il poffède, il s'arroge la fupériorité, prend le ton, prononce & décide en maître; fon goût eft toujours ou faux, ou bizarre, ou frivole : efclave de l'imagination, il en eft tyrannifé & féduit tour-à-tour; fans jugement & fans principes, il fe laiffe emporter au premier vent des opinions, l'erreur l'entraîne , & c'eſt envain que la raiſon & la vérité tentent de le ramener : il eſt trop aveuglé pour les reconnoître ; il n'eſt pas aſſez fort pour rétrograder ſur lui-même.

MALGRÉ l'évidence de ces défauts, qui deviennent de jour en jour plus communs, il ſemble qu'on ſe ligue aujourd'hui , pour ôter à la jeuneſſe le goût de la ſeule étude qui lui con-vienne , en ne l'occupant qu'à des exercices, ſans doute utiles , mais qui pourroient ſi facilement s'allier avec ceux qui donnent à l'ame de la force & de l'élévation, au génie du reſſort & de l'étendue,à l'eſprit de la juſteſſe & de la ſolidité. Cette indifférence eſt le fruit du luxe & de l'abus des

richeffes. En effet, à quoi peuvent
fervir la fcience & le mérite, quand
la fortune & la protection difpofent
de tout, conduifent à tout ? On ne
réfléchit pas néanmoins affez fur le
malheur d'une mauvaife éducation :
ce malheur ne fe répare jamais, parce
qu'il n'eft fenti que lorfqu'il n eft plus
temps d'y remédier. L'ignorance,
qui en eft ordinairement la fuite,
nous expofe, quelque profeffion que
nous embraffions, à commettre les
fautes les plus graves ; & les gens en
place, quelquefois dépourvus de talens, incapables de les apprécier dans
autrui, affez injuftes pour les rabaiffer,
pour en être jaloux & les craindre,
font fouvent la victime de leurs fu-
balternes, parce que ceux-ci, mieux

élevés qu'eux & plus inſtruits, ſecrè-
tement offenſés du joug humiliant
auquel ils ſont aſſervis, ſe vengent
ordinairement de l'eſpèce d'hommage qu'ils ſont contraints de rendre
à l'ignorance, en mépriſant l'homme
autant qu'ils reſpectent ſa place.

Notre siècle cependant ſe glo-
rifie d'être le ſiècle de l'eſprit ; c'eſt-
à-dire, que nous faiſons revivre le
temps de Sénèque & de Lucain.
Nous nous flattons encore d'avoir
étendu les progrès de la Philoſophie.
Mais quel triſte retour ſur nous-
mêmes, quand nous ſommes forcés
d'avouer que c'eſt aux dépens du génie, du goût & de l'imagination !
Etrange Philoſophie ! dont l'art eſt

I iv

de détruire en nous toute senfibilité!
Funefte Morale! dont le but eft
d'attaquer des vérités confacrées à
jamais, & d'ôter à l'humanité fes
fentimens, à l'ame fes vertus, fon ef-
pérance & fes confolations , à l'efprit fon calme & fa gaïeté , aux
mœurs leur pureté, leur candeur &
leur frein !

La Postérité fera bien étonnée ,
quand elle cherchera vainement dans
nos Ecrits prétendus Philofophiques
(s'il eft vrai qu'ils parviennent jufqu'à elle) cette abondance de lumières merveilleufes, que nous vantons
avec tant d'emphafe & de complai-
fance ! Elle demandera quelles vérités nouvelles nous avons enfeignées,

quelles erreurs nous avons détruites,
quelles ténèbres nous avons dissipées?
Notre égoïsme révoltant ne lui im-
posera point : elle verra que nous
nous sommes fait illusion à nous-
mêmes ; que notre imagination
exaltée n'a enfanté que des rêves ridicules ou dangereux ; que nous nous
sommes crus riches de quelques lam-
beaux ramassés dans l'école d'un scep-
ticisme effronté : elle nous comparera
aux enfans, qui, par une indiscrète
curiosité, déchirent & brisent tout
ce qu'ils touchent ; enfin elle déci-
dera, que nos lumières & notre esprit n'ont servi qu'à corrompre notre
cœur, & à nous égarer.

La Postérité sera bien plus

étonnée encore, quand elle appren-
dra par nos propres ouvrages, que,
loin de soutenir l'art admirable des
Corneille, des Racine & des Molière, nous l'avons ridiculement tra-
vesti en Pantomimes & en Drames
froids, insipides & dégoûtans (genre
cependant dont nous nous faisons
honneur d'être les inventeurs).
Quelle gloire ! ou plutôt quelle
erreur, quel abus de l'esprit ! Mais
comment pourroit-on faire aujour-
d'hui des Tragédies, *nos mœurs*,
disons-nous, ne font point *Poëti-*
ques ? L'étoient-elles davantage du
temps de Corneille & de Racine ?
Est-il besoin que le poignard & le
laurier de Melpomène soient toujours teints & arrosés de sang? Qu'en-

tendons-nous par *mœurs Poëtiques*?
Faut-il que des révolutions foudai-
nes, des guerres cruelles, des orages
imprévus, des événemens extraordi-
naires & finiftres, des coups de fou-
dre redoublés, jettent le trouble dans
notre ame & nous agitent comme le
Démon de la Pithoniffe? Faut-il que
le fang coule fur les Autels, que la
terre en foit abreuvée, que l'ennemi
vainqueur boive celui du vaincu? Si
cela eft, les Caraïbes ont des *mœurs*
bien *Poëtiques*, & leurs Poëtes doivent être horriblement Tragiques!
N'allons point chercher des modèles
de l'Art dans des mœurs auffi atroces;
rendons graces à la Providence de
ce que les nôtres font douces & civi-
lifées; & périffe plutôt l'Art à jamais,

que de devoir fa perfection & fon
excellence aux malheurs publics !

LA TRAGÉDIE chez tous les Peuples du monde , où elle eſt connue
& cultivée, a toujours eu pour fondement *la Terreur* & *la Pitié*, &
jamais *l'Horreur.* Voilà ſes deux ſeuls
reſſorts, c'eſt au génie à les employer.
O Athéniens! Peuple avide de gloire, dont les Arts annonçoient le goût,
les Sciences le génie, & la gaïeté le
caractère ! Vous qui ſuiviez avec le
même attrait & l'auſtère ſageſſe &
l'aimable folie! Peuple charmant &
frivole, humain & brave, ingénieux
& ſavant , philoſophe & volup-
tueux , avec lequel nous avons tant
de reſſemblance , n'aviez - vous pas

des Sophocle & des Euripide, des Ariſtophane & des Menandre, des Socrate & des Platon, dans les temps même où vos proſpérités ren-doient vos mœurs encore plus douces & plus voluptueuſes ?

LA STÉRILITÉ que nous éprou-vons dans preſque tous les genres, peut bien autoriſer nos plaintes ; mais elle démontre en même temps, que le ſiècle de la fauſſe Philoſophie, ne peut être celui du génie. Nous ſen-tons nos pertes, & plus encore l'im-puiſſance de les réparer. Les commen-cemens de ce ſiècle, ſembloient s'an-noncer par de plus heureux préſages.

MELPOMÈNE pleuroit encore

Racine, lorſque CRÉBILLON parut.
Ce grand homme, par lequel la nature vouloit terminer les prodiges du
règne de LOUIS XIV, s'ouvrit une
nouvelle route pour marcher à l'immortalité. Un Athlète qui deſcen-
doit dans l'arène où Corneille &
Racine avoient triomphé tant de
fois, devoit trembler. Crébillon ne
ſe le diſſimula point : mais, avec
une ame forte & un génie mâle, il
s'empara d'un genre qu'aucun autre
avant lui n'avoit oſé tenter, & vint,
la coupe d'*Atrée* à la main, s'aſſeoir
entre l'Auteur du Cid & celui d'A-
thalie. L'envie voudroit envain lui
diſputer le laurier dont il eſt couron-
né, Crébillon ſera toujours regardé
comme le Poëte le plus Tragique

que la France ait eu. La terreur est
l'ame de toutes ses Tragédies ; elles
respirent la noble simplicité de l'An-
tique. Il se forma particulièrement
sur les Grecs qu'il aimoit, qu'il avoit
étudiés & approfondis ; il semble
sur-tout qu'il ait pris Eschyle & Sophocle pour modèles & pour maîtres. Son coloris est vigoureux &
sombre, son style pathétique & serré,
sa versification noble & majestueuse,
& dont les taches sont effacées par
les plus grandes beautés (*). C'est par
le genre dont Crébillon s'est saisi,
que la Postérité le distinguera de tous
ceux qui l'ont précédé. Quoiqu'il ait

(*) *Verùm ubi plura nitent in carmine , non ego*
   paucis
Offendar maculis... Hor. de Arte Poëticâ.

assez travaillé pour sa gloire, il auroit enrichi davantage le Théâtre François, sans de malheureuses circonstances qui l'en éloignèrent trop longtemps pour les progrès de l'Art. Une Protectrice (*) bienfaisante l'y rappela, lorsqu'il étoit plus qu'octogénaire. Il termina sa glorieuse carrière par le *Triumvirat*, dans lequel on retrouve encore avec surprise cette touche fière & hardie, qui le caractérisera toujours. Indépendamment de son talent supérieur, qui le rendoit indulgent pour les talens des autres, Crébillon eut un mérite qu'on ne sauroit trop admirer. Pendant le cours de la vie la plus longue, son

(*) Madame la Marquise de Pompadour.

cœur

cœur fut conſtamment fermé à l'envie & à la baſſe jalouſie. Heureux
les Auteurs qui peuvent dire comme
lui :

» Aucun fiel n'a jamais empoiſonné ma plume ! »

C'eſt une juſtice qu'il ſe rendit publiquement le jour de ſa réception à
l'Académie Françoiſe, & que le
Public confirma par les plus grands
applaudiſſemens.

AINSI les hommes de génie ont
ſenti dans tous les temps le prix de
l'étude de l'Antiquité. Tant que ſa
lumière riche, féconde & pure s'eſt
répandue ſur les Arts & ſur les Sciences, elle les a non-ſeulement embellis,
mais perfectionnés. Pourrions-nous
oublier que c'eſt elle, qui nousa tirés

K

de cette honteuſe & profonde ignorance où nous avons langui pendant
tant de ſiècles? Serions-nous aſſez in-
grats pour méconnoître ce que nous
lui devons, & pour croire que les
prétendues richeſſes de l'eſprit ne
s'épuiſent jamais? Une terre, quelque fertile qu'elle ſoit, a beſoin de
culture : elle ne produit d'elle-même
que des herbes ſauvages. Le prix,
l'excellence & la bonté de ſes productions, dépendent toujours de la
ſemence qu'on a dépoſée dans ſon
ſein, & des ſoins qu'on lui donne.
Or, ſi nous avons négligé de nous
nourrir juſqu'à préſent des excellens
écrits de l'Antiquité, devons-nous
être étonnés de la diſette des bons
ouvrages, de la décadence du goût,

& de la frivolité des productions de notre siècle ?

LE SYSTÊME de Law qui changea, il y a quelques années, la fortune de presque tous les Citoyens, changea aussi les mœurs publiques & particulières. La révolution devint générale, dans le Moral comme dans le Physique. Des hommes nouveaux, éblouis de leur fortune, & n'ayant d'existence que par leurs richesses, crurent qu'elles étoient le seul & le souverain bien : ils le dirent, & agirent en conséquence ; & leur exemple persuada la multitude. Ils étalèrent un luxe qui fit gémir le pauvre, & rougir l'honnête médiocrité. Personne ne fut plus à sa place,

chacun fortit de fon rang, la corruption gagna tous les états, & l'efprit
fe reffentit de ce défordre extrême.
On fongea moins alors à rendre l'é-
ducation utile que fomptueufe, &
la molleffe prit la place de l'auftérité
des mœurs antiques. Ce n'eft point
au fein des richeffes & de l'abondance que fe forment les Héros &
les grands hommes. La gloire exige
de ceux qui la recherchent, des peines, des veilles, des facrifices & de
longs travaux : l'homme riche, éner-
vé dès fa naiffance, eft incapable de
les foutenir. D'ailleurs quel genre
de gloire pourroit l'intéreffer, quand
il eft fans ceffe entouré de vils flat-
teurs, qui encenfent fes vices, &
font l'éloge de fes fottifes? Tandis que

l'homme de mérite, souvent abandonné de la fortune, souffre, gémit;
veille, travaille, & n'entend autour
de lui que les sifflemens de l'envie
irritée, & quelquefois les hurlemens
affreux de la calomnie !

LE GOÛT de la Littérature & des
Arts éprouva la même révolution
que les mœurs. Les conditions con-
fondues ensemble se corrompirent
mutuellement. De-là naquirent l'intérêt sordide, les faux airs & les ridicules de toute espèce. Les richesses
balancèrent l'avantage des dignités
& des rangs ; les plus élevés s'abaissè-
rent devant l'idole de la fortune, &
ne desirèrent plus que ses faveurs. La
stupide opulence paya les Arts, ga-

gea l'Artiste, & commanda au génie des Grotesques, pour remplacer
les chef-d'œuvres des Le Brun, des
Le Sueur & des Mignard. La noble
& majestueuse simplicité de nos
Ancêtres disparut, & nos yeux, accoutumés autrefois à ce beau simple,
furent tout-à-coup éblouis par un
luxe porté à l'excès.

TELLE EST, dans ce siècle, l'é-
poque où les Lettres commencèrent
à languir parmi nous. Cependant
l'Auteur de *Rhadamiste* règnoit encore sur la scène, & Melpomène
annonçoit, par le succès brillant
d'*Œdipe*, un nouvel Elève comblé
de ses faveurs. Mais *Zaïre, Brutus,
Mahomet, Mérope,* & tant d'autres

pièces qui cimentent la gloire & forment la couronne de ce célèbre &
fécond Auteur, n'ont point empêché
le mauvais goût de prévaloir. M. DE
VOLTAIRE eut à combattre, en s'é-
lançant dans la carrière, les paradoxes
du bel-esprit, qui ne tendoient à
rien moins qu'à proscrire à la fois
du Théâtre, les règles les plus sages
& les charmes de la Poësie. Dans
ce combat inégal , La Motte fut
terrassé par de bonnes raisons & par
d'excellens vers.

LE BEL-ESPRIT est en Littérature,
ce que sont en Morale les Casuistes
relâchés. L'austérité des préceptes
l'effraye ; & comme il n'a ni le courage, ni la force de les pratiquer, il

lui eft plus commode de s'y fouftraire. En cela, il a pour partifans le plus grand nombre. La nouvelle tentative qu'il venoit de faire n'étoit pas plus raifonnable que la guerre qu'il avoit déclarée aux Anciens ; mais il étoit de fon intérêt d'attaquer toujours ; fes défaites ne le décourageoient point. Il favoit bien qu'il révolteroit quelques rigoriftes ; il s'en mettoit peu en peine, pourvu qu'il gagnât du terrein. En effet il répandit le mauvais goût avec une rapidité furprenante. Adroit Protée, il fe métamorphofa dans tous les genres d'Eloquence. On le vit dans la Chaire, fur le Théâtre, au Barreau ; il écrivit l'Hiftoire, compofa des Romans, differta, verfifia, & fe fit tour-à-

tour Métaphysicien, Géomètre &
Philosophe. La Critique le poursui-
vit sous tous ses déguisemens, & le
força toujours de reparoître sous sa
forme naturelle. Elle fut la terreur
du Néologisme, qu'il s'efforçoit d'é-
tablir; & défendit la pureté, l'élégance & la clarté de la langue des
Fénélon, des Racine & des Boileau.
Jamais enfin la saine critique n'eut
plus d'occasions d'exercer sa sévérité
contre tant d'ouvrages « que le
» mauvais goût fait admirer, malgré
» l'obscurité, la bassesse, l'enflure,
» l'affectation & les puérilités dont
» ils sont remplis; ouvrages cepen-
» dant qui ont non-seulement une
» approbation presque générale,
» mais qui ne l'ont que parce qu'ils

» font mauvais ; car un Difcours
» fenfé, qui n'a rien que de naturel,
» n'eſt d'aucun mérite ; on n'y trouve
» point d'efprit. Mais ce qui eſt re-
» cherché , détourné , hors de la
» droite raifon , voilà ce qu'on ad-
» mire aujourd'hui (*) ».

RIEN n'annonçoit plus le mauvais état des lettres & la décadence
du bon goût, que cette foule de Ro-

(*) » Ne id quidem inutile , etiam corruptas
» aliquandò & vitiofas orationes , quas tamen
» plerique judiciorum pravitate , mirantur, legi
» palìm pueris , oftendique in his quàm multa
» impropria, obfcura, tumida, humilia, fordida,
» lafciva , effœminata fint : quæ non laudantur
» modò à plerifque , fed (quod pejus eſt) propter
» hoc ipfam quod funt prava, laudantur. Nam
» fermo rectus & fecundùm naturam enuncia-
» tus, nihil habere ex ingenio videtur : illa verò
» quæ utcunque deflexa funt , tanquam exqui-
fitiora mirantur ». Quintil. Lib. II, Cap. 5.

mans de toute espèce, qui se succé-
doient les uns aux autres si rapidement, que les femmes même ne pouvoient suffire à les lire tous. Ce genre
d'ouvrages, accrédité par la plume
féconde, agréable, intéressante &
facile d'un Ecrivain (*), exercé d'ailleurs plus utilement, devint presque
l'occupation générale de tous nos
Ecrivains beaux-esprits. Le Public
fut inondé de brochures, de Contes
& d'Anecdotes. Encore, s'il n'y eût
eu à la lecture de tant d'Ecrits frivoles d'autre perte à craindre que
celle du temps ! Malheureusement
l'innocence & la pureté des mœurs
y étoient intéressées. Dans les uns,
la licence la plus cynique sembloit

(*) L'Abbé Prevost.

conduire les crayons obſcènes & groſſiers du libertinage : dans les autres, non moins dangereuſe, mais plus délicate & plus réſervée, affectant même une certaine retenue, elle ne laiſſoit tomber qu'à moitié le voile ſur la nudité. Ceux qui n'étoient point infectés de ces vices, avoient d'autres défauts. Le plus apparent étoit le ſtyle maniéré, métaphyſique & ſouvent même inintelligible. Ce torrent de Romans s'écoula. Telle eſt l'inconſtance de l'eſprit à la mode ; tout frivole qu'il eſt, il ſe laſſe bientôt de la frivolité même, & cherche à renouveler ſans ceſſe les objets de ſon amuſement. Le croira-t-on ? La Géométrie eut ſon cours comme les Romans : l'engoument pour cette

science fut universel ; tout, jusqu'aux
femmes, s'en mêla : on alla même,
pour leur plaire, jusqu'à traiter la
galanterie géométriquement. N'est-
ce pas là l'emploi le plus faux, &
l'abus le plus froid que l'on pût faire
du bel-esprit ?

Il avoit déjà depuis quelque
temps, introduit au Théâtre son jargon Métaphysique & ses Epigram-
mes, tandis que l'Auteur du *Glo-*
rieux, échappant aux vices à la mode,
soutenoit encore la Scène Comique
sur son penchant, & y recevoit des
applaudissemens justement mérités.
Mais moins Comique que Regnard,
il a le premier altéré le masque de
Thalie, & il peut être regardé

comme le précurseur d'un genre,
où il falloit tout le talent de LA
CHAUSSÉE pour réuſſir. Ce genre
hermaphrodite, abſolument inconnu
aux Anciens, auquel on a donné le
nom de *Comique larmoyant*, n'a pas
triomphé ſans peine des contradic-
tions qu'il a eſſuyées dans ſa naiſſance;
& les Auteurs médiocres ont bien
abuſé depuis de l'indulgence qui l'a
fait admettre. La Chauſſée, Ecrivain correct & bon verſificateur,
n'avoit aucun modèle à ſe propoſer :
ſa ſenſibilité naturelle fut ſon ſeul
guide. Sa manière de voir, différente
en tout de celle de Molière, ne lui
préſentoit jamais les objets du côté
comique ou plaiſant. Il ne chercha
point à exciter le rire de la malignité

en faifant la fatire du vice ou du ridicule ; il voulut feulement intéreffer
le cœur , en nous peignant fes foi-
bleffes. Il n'envifagea dans fon Art,
que la gloire de plaire au fexe le plus
fenfible , & le plaifir de faire couler
fes pleurs au récit tendre & paffionné
des fentimens qu'il infpire. Si cette
manière de peindre les paffions n'a
rien de révoltant , elle n'a rien non
plus qui ferve à nous en corriger ; &
ce n'étoit pas fans doute le but de
de l'Auteur de *Mélanide.* Cette pièce , une des meilleures productions
de la Chauffée , doit fervir de modèle à tous ceux , qui , comme lui ,
ne peuvent pas atteindre au véritable
but de la Comédie. Le pathétique y
eft heureufement foutenu , fans au-

cun mélange de comique trivial.
Mais, malgré le mérite de ce nouveau genre, quand même on le por-
teroit au plus haut degré de perfection, il fera toujours infiniment
au - deſſous de celui de la bonne
Comédie. Quelques Cenſeurs trop
ſévères auroient même voulu le prof-
crire du Théâtre : peut-être avoient-
ils raiſon. Les partiſans de la mode
& de la nouveauté ont beau dire,
que nous nous ſommes enrichis d'un
genre ignoré de Molière, & qu'il
ne faut pas borner nos plaiſirs, dont
le cercle eſt déja trop étroit : d'ac-
cord; mais qu'il naiſſe donc des la
Chauſſées, & que ſes triſtes & im-
pitoyables imitateurs ceſſent de multiplier nos ennuis (dont le cercle eſt
beaucoup

beaucoup trop grand) par leurs Drames éternels , échafaudés fur des
fables triviales , mal conçues, fans
génie , fans goût , fans vraifem-
blance , fans chaleur & fans ftyle.

QUELS SONT , en effet, la plupart
de ces Drames , tant vantés par la
médiocrité , & prefque tous calqués
les uns fur les autres , finon des Romans auffi froidement écrits que mal
dialogués , dont les aventures plate-
ment bourgeoifes , irreligieufes ou
révoltantes, n'excitent en nous d'autre fentiment que le dégoût , en
laiffant l'ame douloureufement trif-
te , dans l'impuiffance de fe rendre
raifon de fa triftreffe, & de s'y plaire?
Romans , dont fouvent le feul but

L

est de fronder les usages reçus, d'é-
tablir des opinions nouvelles, & de
faire l'Apologie des écarts & des
erreurs dans lesquels les passions
jettent une jeunesse indocile & fou-
gueuse, en lui faisant contracter des
alliances également condamnées par
la raison, par l'honneur & par les
loix.

MAIS, supposons nos Drames
aussi parfaits qu'ils pourroient l'être,
quels avantages les mœurs en retire-
ront-elles? Quels vices corrigeront-
ils? De quels ridicules arrêteront-ils
le cours? Quels sentimens nouveaux
feront - ils naître dans notre ame?
Quelles vertus nous inspireront-ils?
Cet attendrissement, ces pleurs qu'ils

prétendent arracher, & fur lefquels
ils fondent tout leur mérite, peuvent-
ils jamais nous dédommager de la
perte de la bonne Comédie? Oferа-
t-on foutenir qu'ils font capables de
la remplacer? Ils ont chaffé les Ris
du Théâtre & même de la fociété,
en changeant journellement nos
mœurs. Ils ont pris un fi grand empire, qu'ils l'étendent même jufques
fur le fpectacle le moins fufceptible
de trifteffe (l'Opéra Comique) d'où
ils ont fi mal adroitement banni le
Vaudeville, cet enfant malin de la
gaieté Françoife. Avouons-le : les
Dramatiftes & les Chimiftes de nos
jours fe reffemblent affez (*) par le

(*) Voy. dans le Journal Encyclopédique
du mois d'Octobre 1771, Tom. VII, Part. II,

fecret qu'ils ont trouvé de détruire fans retour, les uns, les plus belles & les plus précieufes productions du génie ; les autres, celles de la nature, fans qu'on puiffe retirer la moindre utilité de leurs découvertes.

N'est-ce donc pas porter un coup mortel au bon goût, que de s'efforcer d'introduire fur la fcène ce nouveau genre de Drame, où les moyens de réuffir coûtent fi peu, par la dangereufe facilité dont il eft fufceptible?

pag. 286 & fuiv. « l'expérience faite le 16 Août » 1771 dans le laboratoire du fieur Rouelle, » Démonftrateur de Chimie au Jardin Royal, » par laquelle il a été prouvé que le diamant s'é- » vapore au grand feu, & s'y volatilife tout entier, » fans laiffer dans le creufet aucune trace de ma- » tière ». O ! l'heureux fiècle, où

Le cuivre devient or, & l'or devient à rien !

où il suffit seulement d'avoir l'imagination fantasque & l'esprit Roma-
nesque, où il ne faut qu'étudier quelques effets singuliers, & les dessiner,
compasser le jeu des Interlocuteurs,
pour en composer une pantomime,
& se guindant sur les échasses d'une
morale commune, étaler d'un ton
emphatique des tirades, des maximes, & des sentimens préparés de
loin & cousus après coup au Roman :
genre où le style est ce qu'on soigne
le moins, dont la lecture, dénuée
de l'illusion & de l'appareil du
Théâtre, n'est pas supportable ;
monstre, en un mot, qu'Horace,
dans son Art Poëtique, auroit eu
peine à décrire, pour en donner
l'idée.

COMMENT reconnoître, à cette
sombre tristesse, à ces pleurs, à ces
longs & ennuyeux gémissemens, à
ces sanglots ridicules, la riante Thalie? La reconnoîtra-t-on davantage,
quand, nouvelle Euménide, elle
s'arme du fouet des Furies, pour en
frapper publiquement des Citoyens
honnêtes & vertueux, & que dans
ses jeux cruels elle se plaît à ranimer
les cendres du cynique Aristophane?

CE N'EST PAS sous ces déguisemens difformes, mais accompagnée,
comme elle devroit l'être toujours,
des Jeux & des Ris folâtres, que M.
PIRON nous la présente dans l'heureux sujet de la *Métromanie*. Cette
Comédie admirable, digne du génie

de Molière, est la seule Comédie,
qui existe dans le vrai genre, depuis le
Misantrope. Quelle simplicité dans
le plan! Quelle vérité dans les caractères! Quelle chaleur dans l'action! Que de beautés & de traits
piquans dans les détails! Quel fonds
inépuisable de vrai comique! Quelle
pièce enfin peut-on lui comparer,
où le *vis Comica* brille davantage &
à moins de frais? » Si, comme le
» dit M. Piron (*), ce fut pour
» Molière une bonne journée de
» Philosophe, lorsqu'après avoir
» fait le plan du Misantrope, il
» entra dans ce champ vaste, où
» tous les ridicules se venoient pré-

(*) Voy. Œuvres de M. Piron, Tom. III, la
Préface de *la Métromanie*, pag. 215.

» fenter en foule, & comme d'eux-
» mêmes, aux traits qu'il favoit fi
» bien lancer : » quelle excellente
journée auffi pour M. Piron, quand,
après avoir conçu le plan de la Métromanie, il entra dans un champ
non moins vafte, où de nouveaux
ridicules venoient également en
foule s'offrir pour être immolés fur
la fcène par l'imagination la plus
riante ? Nous ne craignons point
de le dire, Molière n'eût pas fait
mieux ; & s'il eft quelque chef-
d'œuvre dont notre Théâtre Comique puiffe fe glorifier, la *Métromanie* eft celui qui fait le plus d'honneur à notre fiècle, & fuffit pour
immortalifer fon Auteur.

LE PEINTRE CHARMANT de

Verver & *de la Chartreuse* n'a pas moins mérité les suffrages du goût, lorsqu'il a mis sur le Théâtre sa Comédie du *Méchant*. Style, coloris, situations, traits Comiques, tout dans cette pièce annonce un Maître élevé dans les bonnes lettres & dans l'Ecole de Thalie. Un favori des Muses, tel que M. GRESSET, dont le pinceau agréable & facile est fait pour traiter tous les sujets, pouvoit-il s'écarter des règles de son Art ?

RIEN n'étoit plus capable d'arrêter, dès sa source, le torrent du mauvais goût, que le succès bien mérité de la *Métromanie*. Mais que peuvent le bon sens & la raison contre l'enthousiasme, la folie, la

mode & la nouveauté? Notre siècle
est fait pour offrir les contrastes les
plus frappans. N'avons - nous pas
vu la majesté de la Scène Lyrique
souillée par de pitoyables Bouffons,
dignes à peine des tréteaux d'Italie ,
tandis que l'Orphée de nos jours
faisoit retentir le temple de l'harmonie de ses divins concerts. Avec
quel respect , cet homme sublime
dans son art, traita-t-il toujours Lulli?
Il le regardoit non-seulement comme
son maître, mais il avouoit qu'il lui
devoit tout ; & , loin de déprimer
la musique de ce Père du Théâtre
Lyrique, il n'en parloit que pour en
faire admirer les beautés. C'est ainsi
que l'homme de génie montre sa supériorité, & associe sa gloire à celle

des grands hommes qui l'ont précédé. Que RAMEAU dut être flatté,
lorſque, ſans le prévoir, ni l'avoir
recherché, malgré le goût des Fre-
dons d'Italie qui commençoit à do-
miner, il reçut l'éclatant témoignage
de l'eſtime que la Nation faiſoit de
ſon talent! Tel fut l'hommage qu'on
rendit à Virgile (*), préſent &
ſpectateur par haſard au moment où
l'on récitoit ſes vers ſur le Théâtre,
le peuple l'ayant apperçu dans la
foule, ſe leva de concert & s'in-

_____

(*) „ Teſtis ipſe populus, qui, auditis in theatro
„ verſibus Virgilii, ſurrexit univerſus, & fortè
„ præſentem ſpectantemque Virgilium, vene-
„ ratus eſt, ſic quaſi Auguſtum ". *Dialog. de
Orat. C. Cornel. Taciti*, Tom IV, p. 131, *Edit.*
Gabrielis Brottier.

clina devant lui, comme il eût fait devant Auguste.

Quoique nous n'ayons point de Virgile parmi nous, nous imitons les Romains, lorſque nous deman-dons à grands cris l'Auteur (ſouvent d'une mauvaiſe pièce) & que nous l'applaudiſſons. Ce ſuffrage public, dont l'époque eſt encore récente, ſeroit d'un prix ineſtimable, s'il n'étoit accordé qu'au grand mérite. Malheureuſement on le prodigue aujourd'hui, & malgré cette con-deſcendance, la modeſtie eſt ſi peu de mode dans ce ſiècle, que nous ne rougiſſons point de nous donner à nous-mêmes les plus grands éloges, quand d'ailleurs on nous les refuſe

avec justice. Ne s'imagineroit-on
pas, en lisant les Préfaces de cer-
tains Drames ou Tragédies Bour-
geoises, que leurs Auteurs excellent
dans l'art de peindre les passions &
de les émouvoir? N'est-il pas aussi
plaisant que ridicule, de les entendre, on ne dit pas se comparer mo-
destement à Corneille, à Racine,
à Molière, mais se mettre hardiment
au-dessus d'eux? Paroît-il en effet un
seul Drame, qui ne soit accompagné
d'une Poëtique nouvelle, où l'Auteur, eût-il été sifflé, ne fasse le plus
grand éloge de sa pièce, ne justifie
sa manière sur les principes qu'il
s'est formés, & ne cherche à persuader qu'il en sait plus qu'Aristote
& Horace? C'est bien pis, quand,

par indulgence & pour l'encourager, on a cru devoir l'applaudir.
Rien ne peut alors égaler son orgueil,
quoique souvent sa première pro-
duction soit aussi la dernière.

TELLE EST, en général, la desti-
née de la plupart de nos modernes
Athlètes. Devroit-on être étonné de
leur foiblesse & de leur stérilité, si
l'on faisoit attention au peu de nourriture qu'ils ont prise en tout genre?
A les voir néanmoins s'élancer dans
l'Arène, ne croiroit-on pas leur victoire assurée. Mais comme ils n'ont
point consulté leurs forces, à peine
ont-ils franchi la barrière, qu'ils
font terrassés, & leur chûte ne les
rend que plus vains. Eh ! comment

ne le feroient-ils pas? Prônés par la cabale & foutenus par l'intrigue, ils intéreffent à leur fort l'amour-propre de leurs Protecteurs : or, peut-on accufer des Protecteurs d'ignorance & de mauvais goût? Protéger, n eft-ce pas jouer un perfonnage, s'ériger en arbitre du goût, en difpenfateur de la gloire, en juge des talens? Per-fonne, en fait d'efprit, ne fe récufe ; chacun fe croit en droit de tenir le Tribunal où l'Auteur vient pré-fenter fa pièce : elle y eft infailible-ment applaudie : on immole de con-cert à ce chef-d'œuvre nouveau tous les chef-d'œuvres des Corneille, des Racine & des Molière ; & l'Auteur, enivré de l'encens le plus groffier, par un trait qui peint bien à la fois

& son orgueil & la sottise de ses
admirateurs, les félicite à son tour,
de pouvoir apporter comme une
preuve certaine d'esprit, de discer-
nement & de goût, les éloges qu'ils
ont prodigués aux beautés de son
ouvrage.

CE MANÈGE d'aller de maison
en maison déclamer ses ouvrages,
pour se faire des partisans, n'a jamais
été employé par les hommes à talens
supérieurs. Ils n'ont pas besoin de
ces suffrages obscurs, mendiés par
la médiocrité, presque toujours ac-
cordés par l'ignorance, & souvent
surpris à la distraction. Une lecture
rapidement faite, avec toute la chaleur de l'amour-propre, à des oreilles
peu

peu exercées, à des amis complai-
fans, à de prétendus connoiſſeurs,
à des eſprits prévenus, à des ſots
même auſſi vains que Midas, laiſſe-
t-elle la liberté de remarquer les
défauts d'un ouvrage ? N'eſt - on
jamais la dupe de l'art du déclama-
teur, dont l'intérêt eſt de gliſſer
légèrement ſur les endroits foibles
ou défectueux, & d'appuyer ſur
quelques beautés de détail ?

CE N'EST donc point dans ces
cotteries Littéraires, auxquelles l'envie, la malignité & la jalouſie préſident tour-à-tour ; moins encore
dans ces cercles brillans, que la cu-
rioſité, le déſœuvrement & l'ennui
raſſemblent, dont le bel-eſprit & la
frivolité ſont les Divinités tutélaires,

M

où l'on parle beaucoup sans rien dire, & où l'on juge de tout sans rien savoir, où la fatuité daigne à peine écouter, où la prétention élève la voix, où la sottise s'extasie, & la minauderie décide en faisant des nœuds ; c'est dans le silence du cabinet, qu'un Auteur, jaloux de sa renommée, doit chercher un Aristarque. Là, dépouillé de tout sentiment d'amour - propre, le crayon à la main, toujours prêt à effacer, il peut, sans blesser la modestie, profiter des avis, ou recevoir les suffrages légitimes de la raison, du goût & de la vérité. Ainsi se conduisoit RACINE : c'étoit à la Critique elle-même qu'il lisoit ses ouvrages, en les lisant à BOILEAU.

Les temps font bien changés depuis Racine! On ne confulte pas pour mieux faire, on ne cherche qu'à s'étaler; on n'eft avide que de louanges éphemères. A peine la critique ofe-t-elle élever la voix, qu'elle irrite la bile des Auteurs, arme la calomnie, produit les haines & les inimitiés les plus cruelles. La licence à cet égard eft portée à l'excès. Jamais fiècle n'*a mêlé à fon efcrime*, pour me fervir des expreffions de Montagne (*), *tant d'injures & tant d'indifcrétions.* D'où naît cette extrême fenfibilité, fi ce n'eft d'une vanité mal-entendue, d'un fonds d'orgueil défordonné? Depuis quand n'eft-il plus permis à la Critique de s'exer-

* Liv. III, Chap. viii.

M ij

cer , & même de lancer ſes traits contre *la Théſéïde de l'enroué Codrus* (*) ? Quel eſt ſon crime, quand elle s'oppoſe au torrent du mauvais goût, & qu'elle dénonce à la Poſtérité les Cotins, les Pradons & les Chapelains de notre ſiècle ? Si elle eſt juſte, honnête & modérée, en quoi nous offenſe-t-elle ? Si elle ne l'eſt pas, faiſons-la rougir de ſes torts, & contraignons-la, par une conduite oppoſée à la ſienne, à nous reſpecter & à nous rendre juſtice. Rien ne deshonore & n'avilit plus les Lettres que ces haines ſanglantes , dont le trépas même de l'ennemi ne peut

(*) . . . Nunquam ne reponam
Vexatus toties rauci Theſéïde Codri ?
　　　　　Juvenal , Sat. I.

éteindre la fureur & la violence.
Nos ouvrages font-ils donc une partie fi effentielle de nous-mêmes,
qu'on ne puiffe les attaquer fans nous
bleffer mortellement? Hé-bien! met-
tons-les à l'abri de toute cenfure, &
rendons-les dignes de voir le jour,
fans le craindre. Que tout y refpire
les bonnes mœurs, la raifon & le
goût; anobliffons nos travaux & nos
veilles, en les confacrant à l'inftruction de nos femblables; fi nous fommes plus éclairés qu'eux, n'abufons
point de nos lumières, ni de leur
foibleffe, pour les corrompre, les
tromper ou les égarer; fervons-nous
de notre Philofophie pour faire refpecter la Religion, les Loix & les
Ufages reçus; que la vérité, la fageffe

& la vertu brillent dans tous nos ouvrages ; qu'ils les inspirent & les fassent aimer ; qu'ils ne soient point souillés par cette licence effrenée qui ose tout ; bannissons-en cet égoïsme superbe, qui n'a jamais été & ne sera jamais le ton de la modestie & de l'honnêteté ; qu'on y découvre les sentimens de notre ame, non par un vain & pompeux étalage de mots, mais par une simplicité noble, modeste, intéressante, & par des principes solidement établis ; en un mot, en cherchant à instruire ou à plaire, rappelons-nous toujours que *rien n'est beau que le vrai*. Mais puisque la critique est si redoutable pour nos Auteurs, la Postérité le sera-t-elle moins ? Que de couronnes arrachées

par le Temps & par la force de la
Vérité! Que d'idoles brifées, de lau-
riers flétris, de faux éloges défavoués,
de réputations anéanties ! Quelle
foule d'Auteurs plongés dans un
éternel oubli ! Combien d'autres ,
dont la mémoire ne fubfiftera que
pour être en horreur & honteufe à
jamais !

Les Lettres font la gloire d'un
Empire, lorfqu'elles y font floriffan-
tes ; & les Citoyens qui les cultivent
avec fuccès , par amour pour elles ,
& pour l'utilité publique, ont droit
à notre reconnoiffance autant qu'à
notre eftime. Il ne fuffit pas alors
qu'ils foient plus éclairés , plus inftruits ; il faut qu'ils foient encore les

M iv

plus honnêtes, les plus vertueux des
hommes. La fcience, fans la fageffe,
n'eft qu'un vain nom, une erreur
bruiante, une folie même, dont
l'éclat eft toujours dangereux & les
écarts fouvent funeftes ! Nous n'en
avons que trop d'exemples dans cette
multitude d'Ecrits ténébreux, enfans
de la nuit, du menfonge & de l'orgueil, défavoués en naiffant par leurs
propres Auteurs à caufe de leur honteufe origine. Si de pareils ouvrages
démontrent affez la dépravation des
mœurs & la démence des efprits,
ils n'annoncent que trop la décadence des Lettres & la corruption
du goût.

Depuis que, mécontens de nous-

mêmes, nous nous fommes pris d'en-
thoufiafme & d'admiration pour
tout ce qui eft étranger ; depuis que
l'Anglomanie s'eft emparée de nous,
il femble qu'on veuille, à quelque
prix que ce foit, renverfer toutes
les idées reçues. Les vapeurs des
marais d'Albion ont engendré cette
épidémie philofophique, qui tue le
génie, fait fermenter les efprits, &
produit ce goût anti-national, dont
les ravages ne font que trop fenfibles. Plus d'Eloquence, plus de
Poëfie, plus de Mufique. Celle de
toutes les Langues qui approche le
plus de la langue Grecque, la langue Françoife, adoptée par toutes
les Nations, claire, précife, énergique, fublime, pleine de douceur

& d'harmonie , fufceptible des plus grands effets , n'eft plus qu'une langue fourde & monotone, peu propre aux chants de Polymnie. Ainfi Lulli , Rameau & tant d'autres célèbres Muficiens ont travaillé en vain; leurs chef – d'œuvres font anéantis pour toujours. Ce font des Etrangers, incapables d'apprécier , de juger notre langue , qui ont femé les premiers parmi nous ces finguliers Paradoxes; & ce font des François , incapables de la bien écrire , qui les ont accueillis , foutenus & autorifés!

Oui, fans doute, à juger notre langue d'après quelques ouvrages & quelques Drames modernes, elle eft en effet dure, barbare & monotone:

mais qu'on la juge d'après les Poëmes
d'Armide, de Roland, d'Amadis,
&c. qui ofera, fans injuftice, lui
reprocher ces défauts ? La Mufique
de Lulli, de Deftouches, de Rameau étoit faite pour elle; & elle
gémit aujourd'hui de fe voir défigu-
rée, déchirée impitoyablement &
mife à la torture fous des fons peu
analogues à fon génie & à fa profo-
die. Enfin ce fiècle raifonneur a tout
dégradé, tout altéré, tout détruit.
Nous abandonnons les véritables
fources du goût, pour en chercher
de nouvelles; & devenus ftériles par
notre faute, nous nous abaiffons jufqu'à devenir les imitateurs & les
copiftes ferviles de tout ce qui porte
le caractère étranger.

MALGRÉ cet égarement prefque général, le Dieu du Goût veille cependant encore fur nous, dans ces Sanctuaires des Lettres, où les Homère, les Démofthène, les Cicéron, les Virgile & les Horace reçoivent le plus pur encens. Il eft encore des hommes fidèles à la bonne & faine Littérature, qui cherchent à nous ramener aux Anciens, & à réveiller notre goût pour eux. Homère, Efchyle, Ariftote, Virgile, Térence, Horace, Juvénal revivent depuis peu parmi nous (*). Heureux, fi

(*) Nous venons de voir paroître fucceffivement les traductions, d'*Efchyle*, par M. de Pompignan & par M. du Teil ; de l'*Iliade d'Homère* en vers, par M. de Rochefort ; des *Poëtiques d'Ariftote*, d'*Horace*, de *Vida*, par M. l'Abbé Batteux ; des *Géorgiques de Virgile*, par M.

nous favons en profiter & rougir du
mauvais goût qui nous entraîne loin
de ces excellens modèles ! « Nous
» avouerons pourtant qu'il y a eu
» de nos jours, & que nous avons
» encore de très-bons Ecrivains :
» non-feulement nous en conve-
» nons avec plaifir, nous le foute-
·» nons même : mais de favoir juger
» quels ils font, c'eſt ce qui n'ap-
» partient pas à tout le monde. Il
» eſt plus sûr d'imiter les Anciens,
» dont le mérite n'eſt plus douteux.
» C'eſt pourquoi nous confeillons
» de ne pas s'attacher de fi bonne
» heure aux Modernes, de crainte

l'Abbé de Lifle, des *Satires de Juvénal* par M.
Dufaulx ; de *Térence*, par M. l'Abbé le
Monnier, &c. &c. &c.

» qu'on ne les imite, avant que
» de bien connoître ce qu'ils va-
» lent (*) ».

(*) » Quofdam verò etiam quos totos imitari
» oporteat, & fuiffe nuper, & nunc effe qui-
» dem, libenter non conceſſerim modò, verùm
» etiam contenderim. Sed hi qui ſint, non cu-
» juſque eſt pronuntiare. Tutiùs circà Priores vel
» erratur : ideoque hanc Novorum diſtuli lectio-
» nem, ne imitatio judicium antecederet ».
Quintil. Lib. II, Cap. 5 , in fin.

A Paris, ce 10 *Juin* 1771.

De l'Imprimerie de M. LAMBERT, rue la Harpe
près Saint Côme.

L'Approbation & le Privilége se trouvent au premier Volume des Bibliothèques in-4°. de la Croix du Maine & de du Verdier.

www.ingramcontent.com/pod-product-compliance
Lightning Source LLC
Chambersburg PA
CBHW070843030726
47504CB00005B/1198